Angelika Krämer | Die Perlen der Südsee

AF236359

Angelika Krämer

Die Perlen der Südsee

Erotische Geschichten

Die Bibliografische Information der Deutschen Nationalbibliothek

Die Deutsche Nationalbibliothek verzeichnet diese Publikation
in der Deutschen Nationalbibliografie; detaillierte bibliografische
Daten sind im Internet über www. d-nb. de abrufbar.

Einbandabbildung: © Randy Jay Braun
Herstellung und Verlag: BoD - Books on Demand, Norderstedt
© 2021 Angelika Krämer
ISBN 978-3-7526-8368-4

Inhalt

Yoko,
Kind des Meeres

Sie wurde auf einem Schiff geboren, draußen auf dem Meer. Dann schloss ihre Mutter die Augen.

Ein junges, kinderloses Ehepaar nahm das kleine Bündel an sich. Es öffnete sich eine neue Welt, ein neuer Lebensabschnitt begann – für alle drei Menschen.

Man sah hier draußen nichts als die Weite dieser riesigen Wasserwanne. Der Weg dieses Schiffes, der Menschen, die dort standen, führte auf die Scilly-Insel, nach England. Der Kapitän lief zu dem Paar, die das Kind auf dem Arm hielten. Er sprach mit ihnen, und er fragte nach einem Namen für das kleine Wesen.

»*Yoko* soll das Mädchen heißen, weil es auf dem Meer geboren ist.« Der Kapitän gab den neuen Eltern eine warme Decke und ein Büchlein, in dem aufgeschrieben war, wie alles sich zugetragen hatte.

Ein Spruch war da noch zu lesen:

So viel Glück wie Wassertropfen im Meer,
so viel Liebe wie Sterne am Himmel
soll dir gegeben sein.

Ja, und weil hinter jedem Menschen eine Geschichte steckt, müssen wir verstehen, warum ein Wesen auf seine Weise denkt und handelt. Man kann nur dann verstehen, wenn man die Geschichte kennt.

Es wird verborgene Wünsche der Seele geben, Gedanken, die nie ausgesprochen wurden, und Sehnsüchte, die niemals gelebt werden.

Auf der Insel angekommen, liefen sie zu einem kleinen Haus.

Mia und George gingen schon einige Jahre zusammen. Beide stammten von dieser Insel. Hier herrschte ein mildes Klima und das Meer war türkisblau. Die Inseln, es gab mehrere, waren Englands kleine Südsee. Weiße Strände, entspannte Menschen fand man hierzulande. Dort würde Yoko aufwachsen. Sie würde im Garten schaukeln wie auf dem Meer.

Sie wohnte in England und trug einen japanischen Namen. Später würde sie Fragen stellen.

Mia und George liebten die Kleine. Es vergingen Jahre einer glücklichen Kindheit.

Nun ist Yoko achtzehn Jahre alt, und nachdem ihr Papa und Mama ihr alles erzählt, ihr auch das Büchlein vom Kapitän in die Hand gegeben haben, wird sie doch in die Heimat ihrer Vorfahren reisen wollen.

Dort ist sie beeindruckt von den Farben und den Menschen. Ja, sie gleichen ihr. Sie spürt es sofort.

Dann lernt sie einen jungen Mann kennen. Fumiko ist ein sehr gefühlvoller Mann. Schon sein Name trägt diese Bedeutung. Nach langer Suche mit ihrem Freund trifft Yoko auf die kleine Familie, auf diesen Mann, der sie gezeugt haben, der ihr leiblicher Vater sein soll.

Ein alter Mann, gekrümmt und gezeichnet von einer Krankheit. Er wird nicht mehr lange leben, sagt er zu ihr. Sie erkennt sich wieder in den Augen ihres Vaters.

Fumiko und Yoko laufen zu einem Tempel, um zu beten. Für alle Menschen, die ihr nahe stehen, für ihren leiblichen Vater und für die Menschen, die sie großgezogen und geliebt haben wie ein eigenes Kind.

Yoko weint die Perlen des Meeres. Das wird vergehen.

Gemeinsam geht das frisch verliebte Paar in ein Hotelzimmer, beide sind bereit für ihr erstes Mal.

Nicht weit vom Haus breitet sich das Glitzern

vor ihnen aus. Die Wellen erheben sich dort draußen und schlagen wild um sich. Der Wind huscht Yoko durch die langen Haare, und sie schwebt mit einer Leichtigkeit wie eine Feder.

Der Sand rieselt durch die Zehen. Ein langer Kuss lässt ihre Liebe wieder aufleben.

Das war ein trauriger, aber auch bewegter, lebendiger Tag, der nun zu Ende geht.

Die Sonne geht dort am Horizont langsam unter, bis der Ball schließlich verschwindet, als wäre er ins Wasser eingetaucht.

Ein neuer Tag beginnt mit dem schönsten Lächeln und dem Duft von englischen Rosen.

Dann, es vergehen Monde, ist Yoko schwanger. Inzwischen hat sich Fumiko entschieden, mit seiner Liebe in England zu leben. Er hat das Licht und die Farben von Japan eingefangen und mitgebracht, damit sich ihrer beider Sehnsucht in Grenzen hält. Ein neues Leben wird sie ablenken und eine neue Liebe zu einem Kind neue Wunder vollbringen.

Yoko ist in dieser Zeit voller Lust, mit ihrem Mann Liebe zu machen. Die Schwangerschaft hat sie noch schöner denn je gemacht. Sie sind jetzt Mann und Frau.

Es wird eine Überraschung werden für die ganze Familie.

Wird es ein Junge oder ein Mädchen?

Dann ist es so weit. Ein kleiner Sohn erblickt

das Licht der Welt. Er wird nicht nur die Sonne von England dort über dem Meer aufgehen sehen, nein, auch die Sonne von Japan wird er eines Tages beobachten mit seinen Kinderaugen.

Die Liebe wird ewig dauern. Die zu Fumiko, zu Yoko, zu den Kindern. Es werden ganz bestimmt noch weitere geboren werden.

Sie werden nie vergessen, wie es einmal begann.

Mein Geliebter in Eastbourne

Jede Frau sehnt sich nach Liebe und Zärtlichkeit. Eine Beziehung, die nicht erfüllt ist, wird sich auflösen und nicht wiederkehren.

Man schrieb das Jahr 1896 in England, als sich die junge Elisabeth in Edwuard verliebte.

Edwuard, aus feinem Hause und in Eastbourne geboren, hatte reiche Vorfahren. Vor Elisabeth hatte er bereits etliche Frauen beglückt, und er schien schon reichlich Erfahrungen gemacht zu haben.

Ungern zeigte Edwuard seine Liebeleien in aller Öffentlichkeit, selbst dann nicht, wenn er echt verliebt war.

Elisabeth war erst zwanzig, als sie ihn zum ersten mal küsste. Sie störte es nicht, ihre Liebe zu zeigen, doch er lehnte es ab, in einem Ort, in dem schon seine Vorfahren durch die Gassen liefen, sich von den feinen Herren bloßstellen zu lassen, wie er es nannte.

Edwuard war nun schon achtundzwanzig Jahre, und es wurde Zeit für ihn, seine Liebe fürs

Leben zu heiraten.

Seine Familie gab ein Fest, es war das Weihnachtsfest 1896, und es wurden Bekannte dazu eingeladen. Der Großvater war in diesem Dezember neunzig geworden, da lohnte sich das Feiern gleich doppelt. Die Großmutter war längst in ihr Reich gegangen und schaute schon viele Jahre vom Himmel herab.

Das Haus war weihnachtlich hergerichtet, und in der Küche bereitete man viel vor, während sich die verschiedensten Düfte in dem großen Haus verbreiteten.

Elisabeths Eltern waren schon viele Jahre mit Edwuards Eltern befreundet. Er erinnerte sich an das einst so zierliche, kleine Mädchen, das sie längst nicht mehr war. Sie war erwachsen und eine wunderschöne Frau geworden.

Elisabeth trug ein hübsches, aber gewagtes langes Kleid, mit schulterfreiem Ausschnitt bis hin zu ihren scheinbar unberührten Brüsten. Edwuards Blick fiel sofort darauf, als er ihr bei der Begrüßung den Mantel vom Körper gleiten ließ und sie willkommen hieß. Ihre rotblonden Haare waren locker nach oben frisiert und ein zartrosa Band hielt sie zusammen. In ihrem weinroten, warmen Samtkleid bewegte sie sich so leicht, als schwebte sie durch den Raum. Schon als Kind hatte sie auffallende Farben getragen, und das machte sie erst recht zu einer besonderen Frau.

Edwuard wich nicht mehr von ihrer Seite, und Elisabeths Mutter entging keineswegs, dass er ihr ständig in den Ausschnitt schielte.

Der Abend war sehr interessant, und als sich alle verabschiedet hatten, wurde auf dem Nach-Hause-Weg noch viel geredet.

»Elisabeth, sei vorsichtig, man erzählt, dass Edwuard schon viele Frauen hatte und keine Mühe scheut, sich die nächste zu angeln«, warnte die Mutter.

Elisabeth dachte noch lange darüber nach, was die Mutter ihr gesagt hatte, ehe sie einschlief.

Mitten in der Nacht wachte sie auf, als sie ein Gefühl überkam. Ihre Brüste hoben sich und ihre Hand gelangte wie automatisch in ihr Höschen.

Sie hatte schon viel über die Liebe zwischen Mann und Frau gehört und dass dort, wo sie eben ihre Hand hatte, auch etwas sein würde, aber sie verdrängte diese Gedanken in dieser Nacht.

Am Morgen schaute sie aus dem Fenster und sah große, dicke Flocken herabrieseln. In diesem Winter gab es reichlich Schnee und so manche Tür musste erst frei geschaufelt werden, ehe man das Haus verlassen konnte.

Hier in dieser Gegend hatten die Menschen kleine, einfache Häuser, doch sie waren allesamt höflich, und die meisten konnten sich auf einander verlassen.

Am darauf folgenden Tag, als Elisabeth sich

in ihre warme Kleidung einhüllte, die Hände in ihren weißen Muff steckte, um einen Spaziergang zu machen, traf sie Edwuard wieder. Er sprach sie an und erkundigte sich nach ihrem Befinden. Er hob seinen Ellenbogen, damit Elisabeth sich bei ihm einhaken konnte.

So liefen sie gemeinsam des Weges. Sie schaute nach oben in sein so mannhaftes Gesicht, bis sich ihre Augen trafen.

Ihr Spaziergang führte sie an einen zugefrorenen See.

»Du bist eine hübsche Frau und du gefällst mir, Elisabeth, ich denke, ich muss dich wiedersehen.«

Sie freute sich sehr über das Kompliment, doch als sie ihm einen Kuss geben wollte, lehnte er ab und gab ihr zu verstehen, dass man so etwas in der Öffentlichkeit nicht tue.

Erschrocken hielt sich Elisabeth zurück. Doch konnte sie nicht anders und warf ihm vor, da er ja aus feinem Hause komme, so etwas nicht tun zu können. Das Vorkommnis verflüchtigte sich jedoch schnell aus ihren Gedanken.

Edwuard brachte Elisabeth noch bis zur Eingangstür, verabschiedete sich und wünschte ihr noch einen schönen Tag.

»Sehen wir uns wieder, Edwuard?«, rief sie ihm noch nach, als er schon ein Stück des Weges gegangen war.

Man sah, wie sein Gesicht plötzlich errötend aufblühte, denn sogar das war ihm peinlich.

Er kam mit ein paar Schritten zurück und erklärte der jungen hübschen Frau: »Das können wir tun, doch wenn du mich wieder küssen willst, müssen wir uns an einem anderen Ort treffen. Sei morgen um dieselbe Zeit wie heute bei dem alten Gasthaus unten in der Nähe des Sees.«

Elisabeth wartete schon auf Edwuard. Er führte sie in die warme Stube, als er mit Verspätung kam. Er schien vorher Bescheid gesagt zu haben, da man nicht überrascht war, als sie eintraten.

Edwuard bat seine junge Geliebte in das Kämmerchen. Es war winzig, doch liebevoll hergerichtet, und warm war es, das war sehr wichtig in diesem Winter.

Er schaute Elisabeth an und gab ihr zu verstehen, dass sie ihn jetzt küssen könne. »Hier sieht uns nicht alle Welt zu, Elisabeth.«

Edwuard hielt sie in seinen Armen, als dann der lang herbeigesehnte Kuss kam, der eine Ewigkeit dauerte. Er bat Elisabeth, sich doch zu entkleiden.

Sie knöpfte ihr Kleid auf und streifte es von ihrem Körper. Sie trug kein Korsett wie die meisten Frauen in dieser Zeit. Ein knappes Spitzenhöschen bedeckte ihr noch unberührtes Geschlechtsteil.

Er nahm sie hoch und trug sie wie eine Lady zum Bett. Sie kam sich vor wie eine Prinzessin.

Elisabeth gestand ihm, dass sie noch nie einen Mann gehabt hatte, dabei war sie erregt und etwas schamhaft, als sie bald darauf den nächsten Kuss bekam.

Dann drückte er seinen Mund auf ihre Brüste, die sich, noch bis vor Kurzem unberührt, nach Liebe sehnten.

»Ich möchte dich jetzt lieben, Elisabeth, und wenn du etwas nicht magst, dann sage es mir.«

Elisabeth ließ den Dingen ihren Lauf. Sie spreizte die Beine, als er seine Hand auf ihre Scham legte. Edwuard berührte sie zart, als würde er damit spielen, als er sich gleich über sie beugte, um seinen Körper mit ihrem verschmelzen zu lassen.

»Ich werde nun langsam in dich hineingehen, wenn es dir gefällt, dann teile es mir mit, und ich mache weiter, da es ja dein erstes Mal ist.«

Sie öffnete ihre Mandel für ihn, und er drang in sie, unter zarten Berührungen und Küssen. Ihr zierlicher Körper bewegte sich, die Brüste hoben sich, als die kleinen Brustwarzen sich aufstellten, und voller Lust unterwarf sie sich seiner Liebe.

Edwuard hob ihren Po an, um noch tiefer in sie zu gehen. Er stöhnte, während sie heftig atmete.

Durch Elisabeths Körper drang ein unbeschreibliches Gefühl, das bis zu ihrer Klitoris gelangte.

Sie musste ihn wiedersehen, denn sie war so voller Lust nach ihm, vor allem danach, dieses Gefühl noch einmal zu erleben.

Elisabeth erhielt Post aus Frankreich. Ihre Freundin war aus Abbville, sie kannten sich schon ein paar Jahre. Genauer gesagt seit der Zeit, als die Eltern in England Urlaub machten und Moniques Vater im Anschluss als Arzt hier länger zu tun hatte. Beide waren sie noch Kinder gewesen, als sie sich vor zehn Jahren anfreundeten. Monique hatte vor Kurzem ebenfalls ihren zwanzigsten Geburtstag gefeiert, und auch sie war eine hübsche Frau geworden.

Die Begrüßung war herzlich, als sie sich wiedersahen. Monique bekam im Haus von Elisabeths Eltern ihr eigenes Zimmer, denn sie wollte länger bleiben.

An einem Nachmittag, als Monique in das Zimmer lief, um Elisabeth abzuholen, stand sie überrascht in der Tür, da Elisabeth nackt vor ihr stand; sie wollte sich gerade ein anderes Kleid anziehen. Beide starrten sich erschrocken an.

»Monique, schließe bitte die Tür, es ist mir kalt, und außerdem, ich stehe hier ganz ohne Kleidung.«

»Ja doch, das ist nicht zu übersehen«, erwiderte Monique.

Sie machte die Tür hinter sich zu, trat nahe an Elisabeth heran und berührte sie mit ihren dünnen, knochigen Fingern.

»Du hast einen schönen Körper, Elisabeth, soll ich dich ein wenig massieren?« Schon strichen ihre Hände über sie.

»Ja bitte, dabei kann ich mich noch etwas entspannen.«

Elisabeth legte sich auf das Bett, und Monique ließ ihre Hände kreisend über die zarte Haut ihrer Freundin fahren.

»Das ist gut, mach weiter, Monique.«

Dann waren ihre Hände etwas weiter nach unten gelangt, dorthin, wo letztens Edwuard gewesen war. Mit dem Finger reizte Monique ihre Freundin und strich ihr in die Rille der Schamlippen.

Elisabeth erschrak und bat Monique, sofort das Zimmer zu verlassen.

»Was sollte das vorhin?«, fragte sie Monique später.

Monique hatte langes schwarzes Haar, das sie mit einem schmalen Band zusammenhielt, doch so schön sie auch war, für eine Liebe zwischen zwei Frauen wollte Elisabeth ihren Körper nun doch nicht hergeben, sie hatte auch nie solche Absichten gehabt.

Dieser Vorfall war jedoch schnell vergessen.

Elisabeth traf sich nun öfter mit Edwuard, und der Winter schien noch kein Ende zu nehmen.

»Öffne deine langen Haare für mich, Elisabeth, ich möchte dich lieben.«

»Edwuard, ich liebe dich auch und möchte dich in mir spüren.«

Ihre langes rotes Haar hing ihr bis zu den Brüsten, als er sie bat, sich doch auf ihn zu setzen.

»Du wirst mich tiefer und intensiver spüren, Elisabeth.« Mit leichten, kreisenden Bewegungen spürte sie ihn wirklich in dieser Stellung tiefer und erfüllter, dabei hielt er ihre Brüste fest, bis er laut stöhnte und zu seinem Höhepunkt kam.

Das Kerzenlicht erhellte sein Gesicht, das nun erleichtert war, als Elisabeth ihrem Liebesstab wieder die Freiheit schenkte.

Elisabeth erzählte ihrem Geliebten von der Freundin, die gekommen war.

»Komm doch mal bei uns vorbei, es wird sowieso Zeit, dass wir unseren Eltern sagen, dass wir zusammen gehen«, und sie lud ihn ein, damit er die Freundin kennen lernen sollte.

Am Wochenende erzählte Elisabeth ihren Eltern von ihrer Liebe zu Edwuard.

»Das ist schön, doch ich habe dich gewarnt«, sagte ihre Mutter. »Bring ihn am Sonntag mal mit, wir essen gemeinsam zu Abend, und Vater kann eine gute Flasche Wein aus dem Keller holen.«

Monique und Elisabeth zogen sich weiße Kleider an. Edwuard war begeistert von den beiden wunderschönen Frauen.

Als sie zu Abend gegessen hatten, gingen die beiden Schönheiten zur Küche, und als Edwuard sie sah, überkam ihn Lust nach Liebemachen. Sie standen dort wie zwei Elfen, voller Erwartung, als sie ebenfalls zu Edwuard schauten und sich kichernd unterhielten.

Die feine Spitze an den Kleidern streifte über die Füße der gleich gekleideten Frauen.

Monique schielte unauffällig ständig zu Edwuard herüber, während Elisabeth leicht gebeugt das Geschirr reinigte.

Als er sich für den schönen Abend bedankte und sich verabschiedete, bestand Monique darauf, Edwuard noch zur Tür zu bekleiden.

Sie wisperte ihm zu, er solle dort am Fenster, genau vor dem Zimmer, in dem sie schlief, stehen bleiben.

Verführerisch bot Monique ihm ihren Körper an – dem Mann, der eigentlich der Geliebte ihrer Freundin war.

Es war ein langer Abend und Elisabeth war von dem Glas Wein sehr müde geworden, sodass sie gleich zu Bett ging, und da ihr Zimmer auf der anderen Seite des Hauses war, würde sie nichts bemerken, wenn Monique jemand in ihr Zimmer ließ.

Die Fenster befanden sich sehr weit unten, man brauchte nur das Bein hochzuheben, um einsteigen zu können.

Als die Kerzen gelöscht und alle zu Bett gegangen waren, öffnete Monique das Fenster. Edwuard wartete schon gierig, um Monique endlich zu beglücken.

Sie zögerten nicht lange, man musste sich beeilen, da man ja nicht bemerken durfte, was sich da abspielte.

Wild riss sie die Kleider auf, Edwuard streifte seine Hose herunter, und dann machte Monique ihre Spielchen auf Französisch mit ihm. Edwuard kam zu einer schnellen Ekstase, zog sich wieder an und verschwand so schnell durch dieses Fenster, wie er vor Kurzem eingetreten war. Das sollte nicht das einzige Mal bleiben zwischen den beiden.

»Du bist so komisch, so anders heute?«, fragte Elisabeth den soeben aufgetauchten Edwuard. »Was ist los, bekomme ich keinen Kuss?«

»Nicht hier, vor allen Leuten«, murrte er.

»Welche Leute? Monique ist meine Freundin, das sind meine Eltern, es ist kein Fremder hier.«

Edwuard war es peinlich, da er an den Augenblick dachte, den Monique ihm gegeben hatte. Heute konnte er keine Liebe mit Elisabeth machen, und er zog sich zurück.

Monique lauerte schon wieder, als sie einen kleinen Moment ungestört waren. Sie stand am Fenster. Dicke Flocken warf dieser Abend vor die Scheiben.

»Nicht hier«, rief er leise, als Monique sich aus dem Haus schlich. Edwuard gelang es, kurz vor die Tür zu gehen.

»Komm zum Haus am See, zur Wirtschaft, na, du weißt schon«, wurde er leiser.

Es war spät am Abend und das Dunkel der Nacht schon längst herangekommen, als sich Monique aus dem Haus der Gasteltern schlich, um endlich zu dem vereinbarten Ort zu gehen.

Der Wirt wusste schon Bescheid, es war ja nicht die Erste, die Edwuard mit hineinbrachte.

Wie wilde, verspielte Kinder benahmen sie sich. Sie machten sich nackt, und Monique öffnete ihre schwarzen Haare, die bis zu ihrem Schoß reichten. Ihre rehbraunen Augen verschlangen Edwuard bereits.

Dann legte sie sich auf das Bett, sodass er von hinten in sie eindringen konnte. Heftige Stöße, die Monique nur noch wilder werden ließen, wurden mit einem Rausch aus Spielen und wildem Sex beendet.

Spät in der Nacht ging sie wieder zum Haus zurück, niemand hatte etwas bemerkt.

Edwuard mochte Elisabeth sehr, doch manchmal konnte er nicht widerstehen, eine andere

Frau zu berühren.

»Du kannst heute Abend hierbleiben, ich habe mit meinen Eltern gesprochen. Sie sagen, wir sind alt genug und können selbst entscheiden, Edwuard.«

Elisabeth hatte sich schön gemacht und er wollte sie nicht enttäuschen, als er zu ihr sagte, dass ihn das freue.

Unter ihrem Kleid trug sie feinste Spitze, und es reizte alle seine männlichen Sinne.

Monique war in ihrem Zimmer und bekam von allem nichts mit.

Elisabeth trug an jenem Abend einen besonders schönen Duft, der dem der herrlichen hellrosa Pfingstrosen glich. Er glitt in ihre Liebesmuschel, als wäre es das erste Mal.

Verängstigt und mit unreinem Gewissen sagte Edwuard, trotz allem und gerade weil er sie liebte: »Ich liebe dich.« Zart küsste er sie und glitt fast unmerklich aus ihr heraus.

»Was ist mit dir? Möchtest du mich nicht mehr spüren, dort, wo du eben warst?«

»Ich muss dir etwas sagen. Es wird dich kränken, und vielleicht wird es sie so nicht mehr geben, unsere Liebe – und doch bitte ich dich um Verzeihung.«

»Was ist geschehen?«, fragte sie den Mann, den sie so sehr liebte.

»Ich hatte etwas mit Monique. Sie hatte versucht, mich zu verführen, und ich habe mich darauf eingelassen.«

Wie erstarrt schaute sie ihn an, als sie wütend zu ihm sagte, dass er aufstehen und gehen solle.

Am Morgen darauf bat Elisabeth darum, Monique nach Hause zu schicken, nachdem sie ihrer Mutter alles erzählt hatte.

Monique packte ihre Koffer und reiste zurück nach Abbville.

»Diese französische Schlampe, sogar an mich wollte sie sich heranmachen«, platzte es wütend aus Elisabeth heraus, als sie mit der Mutter sprach. »Ich will sie nie wieder sehen.«

In diesem Moment der Verzweiflung und Traurigkeit ahnte sie nicht, dass sie ihre einst so gute Freundin doch noch einmal sehen würde.

Wenige Wochen später kam ein Brief aus Frankreich, in dem Monique um Verzeihung bat, und auch Edwuard wollte mit Elisabeth reden. Er versprach, ihr so etwas nie wieder anzutun, er werde sie ewig lieben, und bat sie noch einmal um Vergebung.

Es war inzwischen Frühling, und die Sonne wärmte die Menschen von Eastbourne. Das Jahr 1897 sollte schöner werden, und langsam kehrte auch wieder Frieden ein im Hause von Elisabeth.

Nun war sie wieder öfter als jemals zuvor mit ihrem Geliebten zusammen. Ob er jemals ihr

Ehemann werden würde, daran hatte sie jedoch immer noch Zweifel.

Ohne Zwang öffnete sie ihr Herz und ließ der Liebe ihren Lauf. Aus einem Buch, das sie auf dem Boden gefunden hatte, erfuhr sie von so manch anderer Möglichkeit, Liebe zu machen, und die verschiedensten Stellungen übten ihren Reiz auf Elisabeth aus.

Ab sofort probierte sie gemeinsam mit Edwuard neue lustvolle Dinge aus, die noch nie zuvor eine Rolle gespielt hatten, da sie ja doch unerfahren war. Sie befriedigten ihre Liebe ganz und gar.

Den ganzen Sommer waren sie zusammen, und gemeinsam badeten sie in dem See, an dem sie sich damals im Winter zum ersten Mal geküsst hatten, na ja, sie ihn, da Edwuard sich in der Öffentlichkeit so zierte. Trotz seines Widerstandes konnte es geschehen. An einem besonders schönen und heißen Sommertag lagen die Verliebten auf einer Decke, dicht dort am Wald, in der Nähe des Wassers. Als sie ungestört waren, küsste Elisabeth Edwuard auf den Mund.

Doch diesmal sagte er nichts, und es gefiel ihm sogar, als sie es wiederholt tat. Er zeigte seine Lust, und als sie später ihre Bluse auszog, tastete Edwuard sich unter ihren Rock.

Wir zogen uns aus, und ließen unserer Fantasie ihren Lauf. Wir rollten nach allen Seiten, während

26

wir uns küssten, schrieb Elisabeth in ihr Tagebuch. *Mit sanften Stößen befriedigte er mich, und als wir fertig waren, sprangen wir ganz ungeniert in den See.*

Elisabeth schrieb viel in das Tagebuch, schrieb sogar, dass sie unersättlich sei nach Liebe.

Die Zeit verging, als Edwuard endlich davon sprach, für immer bei ihr zu sein

»Du würdest früh neben mir aufwachen, und wann immer wir es tun wollen, würden wir füreinander da sein.«

Elisabeth zog in das riesige Haus von Edwuards Eltern, und es war wirklich so, wann immer sie mit ihm Sex machen wollte, er war da.

Eines Tages kam ein Brief, und er sagte, er müsse verreisen, geschäftlich. Den Brief durfte Elisabeth nicht sehen, doch sie hatte noch eine tolle Nacht, bevor er fortging.

Sie fand den Brief und war geschockt über das, was sie da las. Monique hatte ihm geschrieben.

Wie schaffte dieses Biest es nur, so etwas zu tun? Elisabeth konnte nur erahnen, was sich kurze Zeit später abspielte in dem Nest, in dem sie ihm alles versuchte zu geben.

Warum tat er das?

Wir hatten doch alles, wir liebten uns unendlich, bis uns unsere Gefühle überwältigten. Warum?, fragte sie ihr Tagebuch.

Monique war längst schon keine Freundin mehr für sie, und für Edwuard fand sie keine Worte mehr, als er nach Tagen zurückkam.

Sie fühlte sich leer, und so leer wurde auch diese einst so große Liebe zu ihm. Zumindest für die nächsten Jahre.

Doch war sie schwanger, und sie war schon weiter, als sie vermutet hatte. Elisabeth wusste nicht, was sie tun sollte, als sie Edwuard dann doch mitteilte, dass sie ein Kind von ihm erwartete.

Es muss im Sommer passiert sein, als wir gemeinsam am See so glücklich waren, hörte ihr das Tagebuch wieder zu.

Sie verließ das Haus und zog zu ihren Eltern zurück, mit den Worten, so ein Leben nicht gehen zu wollen. Er möge sich entscheiden.

Sie sahen sich lange nicht, Elisabeth wollte ihm wenigstens ein gutes neues Jahr wünschen.

Sie traute ihren Augen nicht, als Monique dort in den Räumen herumlief. Er hatte also nicht mit ihr Schluss gemacht! Wie konnte er ihr so weh tun, sie, die ihn über alles liebte und ein Kind von ihm erwartete?

Edwuard konnte Elisabeth nicht in die Augen schauen, und enttäuscht verließ sie das Haus.

Tagelang weinte sie, doch das ging bald vorüber.

Als sie dann im Frühling seinen Sohn zur Welt

brachte, verließ sie Eastbourne und zog mit dem Baby in eine andere Stadt.

Sie wollte Edwuard strafen, denn es geschah ihm recht.

Über die Eltern ließ Elisabeth abklären, wie viel Geld er zu zahlen hatte für seinen Sohn. Wie sie erfuhr, drängte ihn bereits die Sehnsucht, sein Kind zu sehen, doch hatte Elisabeth ihren Eltern verboten, ihre neue Wohnadresse weiterzugeben.

Jahre waren vergangen, als der Kleine schon fünf Sommer in dem wunderschönen Garten spielte. An Weihnachten wollten beide zu den Großeltern nach Eastbourne, versprach Elisabeth dem Kleinen.

Irgendwie musste Edwuard geahnt haben, dass die beiden in der Nähe waren. Es klopfte, und vor der Tür der Großeltern stand mit einem Geschenk unter dem Arm der Vater ihres gemeinsamen Kindes.

Er bat abermals um Verzeihung, und er würde so gerne seinen Sohn sehen.

Der Kleine stand schon in der Tür, und Edwuard gab ihm das Geschenk. Elisabeth bat ihn, doch hereinzukommen.

Zunächst war er etwas zurückhaltend, aber dann redete er und erzählte, dass Monique schon lange nicht mehr in dem Haus seiner Eltern war, dass Schluss sei, da er sie mit einem anderen

Mann in Abbville erwischt hätte. Und dass er erst jetzt wusste, wie weh das tat, was er Elisabeth angetan hatte.

Dann sprach er weiter:

»Elisabeth, das soll jetzt keine Rechtfertigung sein, und ich möchte mich dir nicht aufdrängen, doch bitte ich dich nur um eines, um ein Wiedersehen mit meinem Sohn. Ich habe so viel versäumt. Ich bitte dich innigst ... Ja, und ich weiß gewiss, dass es für alles, was ich euch angetan habe, keine Entschuldigung gibt.«

Edwuard drückte sein Kind fest an sich, dann weinte er und lief zum Fenster, dass niemand sehen sollte, wie groß die Sehnsucht nach den beiden war.

Nun ja, Edwuard hatte nichts Besseres verdient, als dass man ihm genauso spüren ließ, wie sich so etwas anfühlt.

Elisabeth stellte sich zu ihm ans Fenster.

»Doch ich muss gestehen«, sagte sie, »ich liebe dich immer noch, und wie oft hat mir deine Liebe gefehlt.«

Er gestand ihr, sie ebenfalls noch zu lieben.

»Elisabeth, lass dir Zeit, und vielleicht gibt es ja noch eine Chance für uns beide, wenn du es willst. Ich habe viel gelernt in den vergangenen Jahren. Für dich habe ich auch noch ein Weihnachtsgeschenk. Du hast mir einen Sohn geboren, ich bin dir so dankbar und stolz auf dich.

Wenn du mich noch willst, dann lass es mich wissen, Elisabeth.«

Als er gehen wollte, fragte der kleine Charles: »Mami, ist das mein Vater?«

»Ja, mein Sohn, das ist er.«

Elisabeth nahm die goldene Kette aus der kleinen Schachtel, die ihr Edwuard soeben geschenkt hatte.

Im neuen Jahr fuhr sie wieder mit ihrem Sohn an den geheimen Ort und dachte noch einmal über alles nach.

Monique sah sie nie wieder, doch Edwuard wollte Elisabeth wiedersehen, und sie gab ihm tatsächlich noch eine einzige Chance.

Schon wegen des kleinen Charles, der seinen Vater so dringend brauchte.

Sie schrieb ihm einen langen Brief und bat ihn, diese nicht so guten Erinnerungen in Eastbourne zu lassen und, wenn er sich wirklich einen Neuanfang wünschte, zu ihr zu kommen und für immer bei ihr und Charles zu bleiben.

Edwuard ließ nicht lange auf sich warten, und nach ein paar Wochen stand er vor der Tür.

Elisabeth wohnte derzeit in einem kleinen, aber reizvollen Haus, und das reichte auch noch für ein zweites Kind, so viel Platz war noch vorhanden.

Edwuard zog ein Schlussstrich unter all das

Vergangene und begann mit seiner kleinen Familie ein neues Leben.

Elisabeth gab sich ihm liebevoll hin, verführte ihn, und er machte sie glücklich. Der Ort ihres neuen Zuhauses blieb jedoch geheim.

Im Licht des Mondes

Als ich Frank und Malachy zum letzten Mal sah, trieben sie weit hinaus auf das offene Meer. Es war eine helle Nacht, der Mond in dieser Mainacht stand hoch über den Wellen, und von dort draußen spürte man eine Brise bis zum Strand herüber.

Frank und sein Bruder hatten zuvor wieder ein Pintchen von dem üblen braunen, betäubenden Zeug getrunken, das die Menschen nach mehrmaligem Einflößen kopfleer macht. Den einen macht dieses Pintchen wütend, den anderen bringt es zum Verstummen.

Flennend saß ich da.

Meistens ging dieses Theater bis früh in den Morgen. Doch dieses Mal nicht, denn es kam anders.

Trotzdem liebte ich Frank, was sollte ich machen? Bis es ein Ende nahm und ich alleine nach Hause musste. Ich sehnte mich jedes Mal aufs Neue nach Liebe, danach, ihn zu berühren, zu küssen und Liebe mit ihm zu machen.

Ich erinnerte mich.

Ich fummelte an seinem Hosenschlitz, zog sein Glied heraus und ließ dieses erregte Ding in meinem Inneren verschwinden. Es war wie Magie, als Frank sich mit mir auf das Bett fallen ließ. Manchmal konnte er erst richtig wild Liebe machen, wenn er getrunken hatte. Ich konnte nicht verstehen, wie manche Menschen die Gelegenheit verpassen und eine wilde Liebesnacht einfach ungenutzt verstreichen lassen konnten.

Ich saß wie auf einem Berggipfel, wo die Luft der Freiheit wehte. Das Fenster stand weit offen und man sah das Spiegelbild des Mondes im unendlich weiten Meer. Sein durchdringender Blick und meine Wildheit nach Sex berührten sich, bis wir zum Höhepunkt gelangten. Erschöpft schliefen wir ein, gesättigt von Liebe.

Ein warmer Luftzug strömte in unser Zimmer, und die Sonne gab neue Energie.

Neben mir spürte ich dieses atmende Leben, meine große Liebe, Frank.

Frank lernte ich kennen, als ich mit dem Schiff nach Irland reiste. Er arbeitete dort am Hafen. Als ich an ihm vorbeilief, war es wie ein Zeichen am Weg.

Mich hungerte nach Liebe, und ich hatte kein Zeitgefühl mehr, als ich mehrere Tage mit ihm zusammen war. Es schien, als wären endlose Tage und Nächte vergangen.

Mit Frank war es eine fremdartige, irritierende, von Zärtlichkeit erfüllte Zeit.

Einmal sagte er zu mir: »Liebes, meine Kirsche, wenn du wüsstest, wie meine Liebe zu dir im Meer der Sehnsucht treibt! Wie lange werde ich den Mond mit dir sehen, der uns zuschaut, wenn ich dich küsse?«

Dann lernte ich seinen Bruder Malachy kennen. Er war anders und hatte außer Vater und Mutter nichts Gemeinsames mit Frank.

Während Frank ein lebenslustiger Mensch war, führte sich Malachy bei jeder Gelegenheit auf, als wäre er der King.

Das Schiff näherte sich langsam dem im Nebel liegenden Küstenstreifen. Beide hatten beschlossen, mit mir nach England zu gehen. Als wir von Bord gingen, spürte ich durch meine dünne Bluse noch die warme Brise, die vom Meer herüberwehte. Mich fröstelte plötzlich, trotz der Hitze. Müdigkeit schlich sich in meine Augen.

Die beiden wussten nicht so recht, wo ihr Weg hinführen sollte. So beschloss ich, dass sie vorerst mit zu mir kommen könnten.

Malachy ging gleich am nächsten Tag auf die Suche nach einem Zimmer für sich. Frank hingegen gab mir zu verstehen, dass er in mich verliebt sei, und fragte, ob er bei mir bleiben könne. In meinem Zimmer führte eine Treppe nach oben, ein kleines Eckchen mit Fenster, das sonnendurchflutet war, als wir hinaufstiegen.

Als ich mit Frank auf dem Boden meiner Träume saß, fielen durch das Sonnenlicht staubige schräge Linien auf den Fußboden.

Wir erhoben uns, leise, fast schwebend

Sein Mund berührte meine mit Lipgloss überzogenen Lippen, während seine Hände den Weg unter meinen Rock suchten.

Dann der Reißverschluss, er öffnete ihn, und ich ließ den Rock achtlos zu Boden fallen.

Mit einem verführerischem Lächeln zog ich mein Oberteil aus, und er streifte in sichtlicher Eile mein Höschen ab.

Dann schaute er mich eine ganze Weile an, als wäre er wie gelähmt vom Anblick meines nackten Körpers.

Das Zimmer war nicht sehr groß, und in einer Ecke stand eine Chaiselongue, zu der wir uns langsam hintasteten, während wir uns küssten.

Seine Hände berührten mich an meinen Schenkeln. Erregt von meinem Schoß, den er jetzt liebkoste, ließ er sein steifes Glied hinein. Ich umhüllte ihn mit meiner Mandel und verspürte ein genussvolles Glück.

Eine ganze Weile hielt ich ihn in mir fest.

Wir blieben die ganze Nacht dort oben, nur Frank und ich. Vor dem Fenster hatte sich eine Spinne ihr Netz gewebt, in dem Wasserperlen glitzerten.

Die Luft war von der Frische der Nacht durchdrungen. In meinem Kopf drängten sich die Erinnerungen an meine Kindheit, als ich damals auf einem Dachboden alles Neue, alles Spannende durchstöberte in der Sehnsucht nach etwas anderem.

Nun, das hier war etwas anderes.

Wir konnten nicht ewig dort oben bleiben an dem Schauplatz meiner verspäteten Kindheit, dort, wo ich alle Liebe in mich hineinsaugte. Wir gingen hinab, hinaus in die Welt, die uns zeigte, wie es weitergehen würde.

Malachy hatte inzwischen ein nettes, kleines Zimmer gefunden, und wir wollten auf das freudige Ereignis, dass er auch noch einen Job gefunden hatte, ein Gläschen trinken. Es blieb nicht bei dem einen. Wenn die Brüder zusammen waren, gab es nicht nur ein Pintchen Schnaps, sondern eins nach dem anderen.

Frank sah in sein Glas, und am liebsten würde er seinen Kummer darin ertränken, meinte er.

»Welchen Kummer, was hast du denn?«

»Och, das werde ich dir ein andermal erzählen.«

Mit angstverzerrtem Mund schaute auch Malachy zu mir herüber. Es gab keinen Kummer. Das war der viele Alkohol in ihren Köpfen.

Dann gingen wir noch aus. In der Kellerbar drang aus einer Ecke flackerndes Licht zu uns herüber. Alles war so duster und erdrückend. Ich ging hinaus an die Luft, die durchdrungen war vom Duft der Nacht. Nichts war mehr zu spüren von dem bitterkaltem Winter, der sich in diesem Jahr hinauszögerte, als wollte er ewig dauern.

Frank eilte mir hinterher und legte seine Arme von hinten um meine Taille. Er atmete tief ein, und dann sprach sein Herz.

»*Makana*, was bedeutet der Name? Ich liebe dich. Du bist ein Teil meiner Seele, du bist die Sonne, die auch bei Nacht für mich scheint. Ich brauche dich zum Glücklichsein.«

»Mein Name stammt wahrscheinlich aus dem Hawaiianischen, genau weiß ich es auch nicht. Aber komm, lass uns wieder hineingehen, Frank. Ich würde so gerne mit dir tanzen.«

Wir verschmolzen mit den Liedern, die so zart und heiß waren wie diese Nacht und wir beide.

Bis zum Morgen tanzten, küssten und redeten wir unentwegt. Malachy wurde schon verdrießlich wegen unserer Zweisamkeit. Wahrscheinlich gab es in seinem Leben keine Frau, er war mit dem Glas, das er stets neu füllte, zusammen. Ständig war er darauf bedacht, auch Franks Glas aufzufüllen. Er brauchte diesen Bruder, sonst würde er untergehen.

Das Tageslicht schaute schon zur Kellerbar

herein durch diese winzigen Fenster, als wir uns endlich auf den Heimweg machten. Stolpernd hob ich meine Füße auf der Treppe, die nach oben führte.

Malachy war abgefüllt wie ein Fass, und Frank riss sich am Riemen, als wir, uns an den Händen haltend, nach Hause schaukelten. Malachy wollte unbedingt noch in meine Wohnung mitgehen, doch ich machte ihm begreiflich, dass es nun genug war.

»Es war eine tolle Nacht, lass uns schlafen gehen.«

Trotzig lief er zu seiner Unterkunft.

Frank und ich waren zu müde, um noch Liebe zu machen, doch legte er seinen Arm um mich und schlief zufrieden ein.

Gegen Mittag wachte ich auf, ich hatte großen Durst und das Bedürfnis, mich zu duschen. Kurz danach überwältigte mich die Sehnsucht, mit Frank Sex zu haben. Ich legte mich wieder zu ihm.

Er roch nach Alkohol und nach diesem verrauchten Keller, in dem wir bis heute Morgen gewesen waren. Als er meine Frische und den Duft an meinem Körper in sich einsog, sprang er schnell auf und holte sich ebenfalls diesen Geruch im Bad. Die Tür ließ er offen. Ich konnte ihn sehen, seinen gut gewachsenen Körper, seine männliche Silhouette, die sich hinter der Duschwand bewegte.

Meine Augen spielten. Von oben nach unten führte mich mein Blick zu seinem Glied, das schon erregt schien, und entfachte meine eigene Lust.

Dann kam er zurück ins Zimmer. Er hatte einen frischen Zahnpastageruch, als er mich gleich zart küsste. Er legte sich auf mich, und ich spürte seinen Penis, diesen festen, großen. Ich breitete meine Beine aus, und meine Liebesmuschel öffnete sich für meinen Geliebten. Ganz liebevoll ging er in mich, noch einmal zurück und mit voller Lust hinein in meine Höhle. Meine Beine schließend, hielt ich ihn fest.

Während wir uns küssten, rollten wir herum, bis ich auf Frank lag, so konnte er noch tiefer in mich dringen.

Ich saß auf ihm und ritt, bis ich Wärme verspürte in mir. Wir hatten beide einen Orgasmus.

Noch bis zum späten Nachmittag blieben wir liegen. Aufeinander, nebeneinander. Es war ein Genuss, eine Delikatesse de luxe.

Ich hörte jemand klingeln, so lange, bis ich zum Fenster hinausschaute. Es war Malachy. Was wollte der schon wieder? Er, groß, dunkelhaarig, mit Augen so grün wie das Gras. Genau das Gegenteil von Frank.

Während Malachy fast schon zum Dickwerden neigte, wahrscheinlich vom Alkohol aufgequollen, konnte Frank einen gut durchtrainierten, schlanken Körper, blonde Haare und blaue Augen vorweisen.

Frank sagte einmal, er sehe aus wie seine Mutter und sein Bruder eher wie der Vater, denn dieser habe sich auch zu Tode getrunken. Zu Hause in Irland gab es noch viele Brüder. Die zwei Schwestern sowie ein Bruder waren schon früh gestorben. Sie hatten kaum etwas zu essen gehabt, und die Wohnung war immer feucht und kalt gewesen. Kein Wunder, dass es die armen Kleinen nicht überlebt hatten.

Frank war schon früh arbeiten gegangen. Er war gerade mal vierzehn, als ihn ein Schmied bei sich aufnahm, damit er der Mutter ein paar Pfund nach Hause bringen konnte. Einmal musste er sogar einen Arzt bezahlen, als die Mutter hohes Fieber und eine Lungenentzündung hatte. Auch die Nachbarn halfen und brachten alles Mögliche. Die Mutter überlebte ihre Krankheit.

Frank arbeitete so hart in all den Jahren, dass er seiner Familie ein preiswertes, aber trockenes, warmes Zuhause kaufen konnte.

Nun waren die anderen Brüder alt genug, um die Mutter weiter zu unterstützen. Das war die Chance.

Jetzt hatte Frank Sehnsucht nach der Ferne. Er wollte die Welt kennen lernen, mit allem, was sie zu bieten hatte. Er bat mich, mit ihm nach Italien zu reisen.

»Ich komm mit dir. Aber eins sage ich dir, ohne Malachy. Der will doch nur saufen und sich dem Nichtstun hingeben.«

So einigten wir uns und gingen ohne seinen Bruder fort.

Wir nahmen das nächste Schiff. Viele Tage waren wir unterwegs und sahen wieder das riesige Meer, wie es den Ball am Himmel verschlang, die erbarmungslosen Wellen, die sich hoch auftürmten. Uns begegneten riesige Meerestiere, die an unserem Schiff vorüberzogen, und die Angst begleitete mich auf der ganzen Reise vor dem unberechenbaren Meer, das uns, wenn es wollte, einfach hinabziehen konnte.

Frank hielt mich manchen Tag auf der offenen, gewaltigen, riesigen Wasserwanne ganz fest in seinen Armen. Er sprach beruhigende Worte, war einfach für mich da.

»Ich liebe dich, Makana. Hab keine Angst, wir sind bald in Italien.«

Noch einmal sahen wir den Mond. Er war voll und leuchtete das letzte Stück, bis wir am Hafen waren.

»Warum wolltest du eigentlich geradewegs nach Italien, Frank?«

»Och, das ist eine andere Geschichte, Makana.«

»Erzähl sie mir schnell, ehe wir vom Schiff

gehen.«

»Na gut. Wir haben in einem Haus in Irland gewohnt. Es war zweistöckig, alt und feucht. Immer wenn es stark regnete, kam das Wasser bis ins erste Stockwerk, sodass wir die Treppe hoch ins zweite mussten, da es dort warm und trocken war, wenn wir Feuer machen konnten. Deswegen nannte meine Mutter das obere Stockwerk auch scherzhaft ›Italien‹. Wenn das Wasser dann wieder abgelaufen war, sagte sie immer: ›So, Kinder, jetzt gehen wir wieder runter nach Irland. Die Sonne scheint wieder, nun wird es auch wieder trocken da unten.‹«

Italien ging mir nicht mehr aus dem Kopf. Und genau deshalb bin ich nun mit dir hier. Kein anderes Land ist wahrscheinlich so eng mit unserer Sehnsucht nach Sonne und dem blauen Meer verbunden wie Italien. Man sagt, dass es hier eine wunderbare Küche gibt. Das Essen sei so gut wie die Jahrtausende alte Kultur. Dieses Land soll so vielseitig sein wie die Menschen, die Feste und seine Sehenswürdigkeiten. Ich liebe es jetzt bereits, mit dir durch Italien zu reisen.

Den Rest erzähle ich dir später. Bis dahin bleibt es mein Geheimnis.«

Wir schrieben Grußkarten an Malachy, doch nie einen genauen Aufenthaltsort, damit er uns nicht nachreisen konnte.

Wir reisten durch viele Orte, unter anderem

durch Venedig, die Toskana, Umbrien, Kalabrien und nach Sizilien. Überall war es auf andere Weise schön, die ganze Küste entlang reihten sich Dörfer und Städtchen, in denen man unter freiem Himmel gut essen konnte.

Wir fühlten uns so frei und so geliebt. Lange Sandstrände, felsige Vorsprünge, alles sah so unverfälscht aus. Olivenhaine und Weintraubenhänge machen sich breit, in manchen Gegenden bis fast hinauf in den Himmel. In vielen Orten lebte man noch vom Fischfang, und die wilden Kräuter aus den Bergen prägten die Küche der Menschen. So mancher Seefahrer, hörte man zu Lande, freute sich nach dem kargen Essen auf See auf den Duft der Kräuter und das Gemüse von den Feldern, wenn er wieder nach Hause zurückkehrte.

Die Menschen waren sehr kontaktfreudig. Auch hatten sie einen starken Bezug zu ihrem Land. Es wurden viele Feste – wie das Fest des Schwertfisches, das Frühlingsfest, das Volksfest und viele andere – gefeiert. Jedes Fleckchen fruchtbares Land wurde für den Gemüseanbau wie Tomaten, Auberginen, Paprika und Kartoffeln genutzt. Auch Zitronengärten gab es viele. In mancher Region wogte im Frühling ein Meer grüner Getreidefelder.

So in Sizilien. Dort feierte man im Februar die Mandelblüte. »Dieses Fest stelle ich mir so schön und romantisch vor, Frank, dass ich mir wünschte, einmal dabei zu sein.«

So ließen wir uns erst einmal hier in Sizilien nieder, um die Mandelblüte zu erleben. Wir suchten uns Arbeit und eine kleine Wohnung. Am Meer, unserer Liebe und der bald darauf folgenden Mandelblüte erfreuten wir uns. Wir waren sehr glücklich.

Vor allem hatten wir noch nie so gesund kochen gelernt wie in diesem *Restaurante*, in dem wir Arbeit gefunden hatten.

Wir dachten oft an Malachy und daran, wie viel er trank. Ich war froh, Frank nicht jeden Tag trinken zu sehen. In all den Monaten hatten wir höchstens gemeinsam hin und wieder ein Glas Wein getrunken.

Inzwischen hatte Frank mit Malachy telefoniert. Ein Wunder war geschehen: Malachy trank nicht mehr. Nach einer heftigen Schlägerei hatte er angeblich einen Schlussstrich gezogen und eine besser bezahlte Arbeit gefunden.

»Wenn er seinen ersten Urlaub macht, will er uns besuchen kommen«, sagte Frank.

Es waren Monate vergangen. Malachy kam mit einer Überraschung: Selina. Da stand er nun, der Bruder, mit Frau und Baby. Das war wirklich eine große Überraschung. Die war ihm gelungen.

Wir freuten uns sehr, dass sie ein paar Tage

bleiben wollten.

Malachy hatte sich gut rausgeputzt. Sein Körper war nicht mehr vom Alkohol aufgequollen. Und dieses Gegenteil von Frank kam nun noch mehr zum Vorschein. Seine Frau Selina war wunderschön. Aber auch der kleine Sohn, Sam, war ein hübsches Baby.

Es war ein herrlicher sonniger Tag zur Mandelblüte. Alles in Rosé zu sehen. Die Menschen, die sich so viel Mühe machten. Überall leckere, selbst zubereitete Speisen und der so typische Mandelkuchen, es duftete so wunderbar. Die Zeit war vergangen, als hätte man die Uhrzeiger schon mal vorausgedreht.

Wir machten uns eine schöne Zeit. Wieder und wieder liebten wir uns innigst.

Mit Malachy blieben wir in Verbindung, und er bedankte sich bei uns für die herzliche Gastfreundschaft.

Wir blieben dort wohnen, lernten das Land und die Leute lieben und bekamen drei Kinder.

So viele Male hatten wir die Sonne auf- und untergehen sehen, dass wir erst jetzt, nach all dieser Zeit, begriffen, wo all diese Jahre hin waren.

Doch jetzt, wo wir wieder alleine waren, denn die Kinder waren längst ausgezogen, kamen wir uns wieder näher, so nah wie früher.

»Es ist Vollmond. Wir sind zwar älter geworden, doch soll das kein Hindernis sein, noch immer erfüllten Sex zu haben.« Ja, und er schaute uns viele Jahre zu, dieser leuchtende Ball am Himmel.

Ich zog mich nackt aus, lief zu Frank ins Bett, und wieder schaute ich ihn an, genau wie damals. Er war schön. Sein Glied bewegte sich wie eine Schlange, wenn ich es berührte. Dabei richtete es sich zu einem Stab auf. Ich spürte, wie er sehnsüchtig in meine Mandel kroch. Jeder zarte Stoß war meine Erfüllung und schenkte meiner Seele Frieden.

Wir waren alleine in dieser Nacht, nur der Mond schaute uns zu.

Nach den vielen Jahren, in denen sich Frank und Malachy nicht gesehen hatten, spürten beide Männer Sehnsucht. Malachy kam zu uns nach Italien und die Brüder feierten Wiedersehen.

Dann bemerkte ich, dass Malachy, wieder öfter trank. Wieder und wieder füllte er das Pintchen. Und wieder war er total betrunken, genau wie damals. Frank konnte sich nicht zurückhalten. Er versank beim Wiedersehen in einem Tränenmeer.

Bis sich die Brüder entschlossen, in dieser Vollmondnacht mit dem Boot hinauszufahren. Keinen von beiden konnte ich aufhalten. Sie trieben hinaus auf das große weite Meer, und nur das Licht des Mondes konnte sehen, wie alles endete.

Sie kamen nicht mehr zurück. Nicht die Sonne von Italien, sondern das Wasser von Irland holte sie wieder nach Hause, in die Heimat.

Geblieben sind mir diese wunderbaren Kinder und die Erinnerungen an Frank, der so manches Mal Balsam für meine Seele war.

Er wollte mir immer noch mal etwas erzählen.

Das wird er nicht mehr tun können. Es bleibt sein Geheimnis, das er mit hinaus aufs Meer genommen hat.

Sehnsucht nach dem
einen Tag

Gestern, heute und morgen sind verschwunden, und ich habe kein Zeitgefühl mehr. Nur der Augenblick hat sich in mir festgehalten.

Ich bin allein mit dem Meer. Es schimmert und schaut mich mit seinen vielen Farben an. Es zeigt ein glitzerndes Silber in allen Schattierungen bis hin zum Schiefergrau.

Du, mein Geheimnis, meine Kraft und doch Angst einflößender Urstrom.

Ich mache mich auf an diesem Tag, ohne Regeln, Gesetze und Verbote – es ist einfach »meine Entdeckungsreise«.

Das Meer ist so unendlich, ich jedoch bin nur ein Insekt in dieser Weite.

Mein Verlangen nach dir ist so unstillbar, und ich kann dich einfach nicht erreichen.

Alles, was ich wollte, warst du – doch will ich dich mit meiner Liebe nicht erdrücken, nicht ersticken – dich, der es nicht erträgt, geliebt zu werden.

Es ist das Unbeschreibbare, für das es nicht genug Worte gibt – denn es ist noch mehr als Liebe.

Plötzlich weht eine Brise in den Raum – doch nicht von dir. Ich denke nicht an morgen, nur das Heute zählt.

Die Liebe, diesen einen Kuss – ich wollte es hier, jetzt und heute. Ich halte den Moment fest, jedoch nicht dich – weil du es nicht möchtest. Ich würde dir gerne etwas von Bewusstheit und Entspannung schenken – doch das möchtest du auch nicht.

Ich schwebe auf den Wellen – wo bist du, denn ich habe Angst.

Doch dort, ich sehe ein Schiff, und es nähert sich dem meinen. Dort oben, am Himmel, Vögel – schwarze, weiße, bunte –, unbeteiligt an unserem Geschehen hier unten.

Der Wind streicht über den Ozean, über unser aller Leben, und meine Sehnsucht nach dir macht sich breit, als wäre diese Erde ein Irrgarten.

Mir war eben so, als hätte ich den Duft deines Körpers in mich aufgesogen.

Du bist endlich hier, und wir haben doch noch unseren Platz gefunden, gemeinsam – heute, für diesen einen Tag.

Ich liebe deine Augen; ihre Farbe ähnelt der

des Himmels an einem klaren Junimorgen – Hellblau.

Ich liebe deine Hände, sie besitzen so viel Kraft und Heilsames.

All das hat wieder einen Sinn – der Kampf wie das Nachgeben, das Helle wie das Dunkle, die Kraft, die du mir nimmst und doch wieder zurückgibst – und vielleicht ist es eine ungestillte Sehnsucht, die sich manchmal in meinem Körper breitmacht.

Es ist alles vorhersehbar, und das Ganze ist ein stetiger Abschied.

Doch dann bist du wieder da – und es ist, als wär's der Atem des Himmels – einfach alles.

Wenn das schon für immer verloren Geglaubte wiedergewonnen ist, dann spiegelt das Menschenherz die Welt wie der Tautropfen den Tag.

Es ist doch merkwürdig – während man schreibt, wird alles leichter, und das Schreiben hilft mir einfach meinen Weg zu gehen. Ich sitze hier, nur ich alleine – in und mit meinen Zeilen. Über seine Träume und sein Leben zu schreiben bedeutet, es zweimal zu durchleben.

Es war alles wie ein Traum, der zu Ende ging.

Wie die letzten Körner einer Sanduhr fielen die einzelnen Worte aus dem Gedächtnis.

Es sind Zeilen an dich, mein Geliebter. Zeilen – sie sind wie die Sonne, die heute auf mich scheint, so glänzend wie die Sterne bei Nacht, so schön wie ein Regenbogen, so belebend und romantisch, als hätte ich mich noch einmal in dich verliebt.

Nachts schreie ich nach dir und suche deine Hand, die mir hilft, die mich hält, befreit und mich rettet. Wieder und wieder – doch ich erreiche sie nicht.

Irgendwie komme ich nicht an.

Was bleibt, sind immer wieder die Sehnsucht und die Liebe zu dir.

Doch kannst du sie nicht spüren, weil du dich meiner Liebe verschließt.

Ich finde den Schlüssel nicht.

Bist du der, nach dem ich suchte – Geliebter, Ehemann, Vater meiner Kinder? Sind es deine Augen, dein Mund, deine Hände, die ich spüren möchte?

Immer wieder, an diesem Tag – als wäre es der eine, letzte Tag.

Das Fenster zum Paradies

Ich liebe den Geruch deiner Haut, deine Hände, deine Augen, alles an dir ist so männlich.

Mein Herz spricht von Liebe. Bei mir hat sich nichts verändert. Ich liebe dich, heute und für immer. Du bist der Baum meines Lebens, und es gibt nichts, was wir nicht gemeinsam erlebt hätten.

Ich bin auf der Suche nach etwas und weiß noch nicht, was es ist. Dann schau ich immer wieder diesen Stein an, den du mir geschenkt hast.

Er ist das Tal, die Berge und der Himmel. Er glänzt und glitzert wie die Sterne, so geheimnisvoll und fremd.

Manchmal denke ich, es ist alles zu Ende. Doch gerade dann fängt alles wieder von vorne an. Ich weiß nicht, wie viele Male wir neu angefangen haben. Manchmal war es so kalt, doch genauso oft auch heiß.

Ein Schrei nach Hilfe, den doch niemand hörte.

Makana war schon jenseits der fünfzig, als ich sie kennen lernte. Sie war wunderschön, und ihr Körper hatte einen Reiz von exotischer Wildheit.

Wir waren fast zeitlos und wie im Liebesrausch.

Mit ihr war es nicht wie mit den belanglosen Quickies. Nein, diese Art von Liebemachen war anders, tiefer, reifer.

Ich machte Urlaub in Portugal. Weit abseits der Menschenmassen sah ich sie bei einem Spaziergang auf einem Felsen. Fast wagemutig lag sie dort. Nackt und die Beine spreizend – mir wurde schwindelig. War es die Höhe oder der Anblick dieser schönen Frau?

Die Wellen rauschten und peitschten.

Als sie ihre Augen öffnete, erschrak sie. Ihr Blick fegte mir durch den Körper, als flösse ein Strom in mir.

Sie hatte kaum Scham, wusste mit ihrer Nacktheit umzugehen.

Ich begann mit einem »Hallo« ein Gespräch, und ein »*Olla*« kam zurück.

Ich fragte sie, ob ich mich zu ihr setzen dürfe. Sie hatte nichts dagegen.

Meine Blicke kreisten und landeten immer wieder auf ihren Brüsten bis hinunter zu ihren Beinen.

Ich errötete und erhob mich. Bedankte mich bei ihr für das kurze, nette Gespräch.

Sie fragte nach meinem und ich nach ihrem Namen, als der Wunsch da war, dass wir uns wiedersehen.

Morgen sei sie wieder hier an dieser Stelle.

Wir trafen uns, dann liefen wir hinunter an einem Pfad entlang, bis sie dann dort am Strand, dicht an einer kleinen Höhle, Halt machte. Sie kannte sich gut aus, und wie sie mir erklärte, wohnte sie nicht weit von hier.

Ich stellte fest, dass sie gut Deutsch konnte.

»Ben, Sie gefallen mir. Erzählen Sie mir doch bitte mehr. Wie geht es Ihnen, und wo kommen Sie her?«

»Ich komme aus Deutschland, genauer gesagt aus Thüringen. Und Sie, Makana?«

»Ich wohne in Portugal, bin aber in der Südsee geboren, auf Hawaii. Als ich zwanzig Jahre war, lernte ich einen Portugiesen kennen, der in meiner Heimat Urlaub machte. Er nahm mich mit nach Portugal. Hier arbeitete ich viele Jahre in einem Reisebüro. Dadurch lernte ich auch ihre Sprache.

Doch ich verließ ihn nach zehn Jahren. Er trank und war eifersüchtig. Diese Eifersucht, die schon krankhafte Züge hatte, trennte uns schließlich.

Ich bin auf der Suche nach innigster Liebe. Ben, was glauben Sie, gibt es sie?«

»Ich denke schon, Makana. Wenn es einen Menschen gibt, der an sie glaubt. Vielleicht entdecken wir sie ja gemeinsam.«

»Haben Sie eine Frau in Deutschland?«

»Meine Frau ist vor ein paar Jahren tödlich verunglückt. Aber lassen wir uns von etwas anderem sprechen.«

»Ja, sicher. Sie waren bestimmt sehr traurig in den letzten Jahren. Es tut mir leid, das mit Ihrer Frau.«

Dann berührte sie mich mit ihren zarten Händen.

Wir küssten uns und ließen uns langsam niedergleiten. Dort lagen wir nun in dieser Höhle, und so kühl es zuvor auch gewesen war, so warm war mir nun, als ich sie um ihre Schulter hielt.

Unsere Zungen berührten sich. Wir hatten viel Zeit, und nichts hielt uns davon ab, unsere Nacktheit auszukosten.

Sie streichelte mich am ganzen Körper. Dann küsste ich sie auf ihre Brüste und glitt mit meinem Mund ganz langsam weiter hinunter.

Wie automatisch spreizte sie ihre Beine weit auseinander. Ich legte mich fast schwerelos auf ihren Körper.

Doch noch nicht eindringend, liebte ich sie, damit nicht gleich alles zu Ende war. Immer wieder hatte ich einen Drang, in sie hineinzugehen. Ihre langen Haare kitzelten mich, als sie sich über mich beugte und wir unsere Stellung wechselten.

Unser Liebesspiel hielt noch lange an, als ich tief in sie hineinglitt und ein Gefühl der Erleichterung spürte. Wir kamen beide zum Gipfel der Lust, und so lange hatte ich zuvor noch nicht geliebt, bei anderen Frauen, bis es dann so weit war.

Von Weitem vernahmen wir das Geschwätz einiger Urlauber, die von einem Reiseführer an dem Felsen entlang bis zur anderen Seite begleitet wurden. Wir beobachten die Gruppe noch einen Moment, als sie sich plötzlich erhob und mit ihrer Hand an meiner zog, bis ich mich, noch halb im Rausch, aufrichtete. Hinaus aus dieser Höhle, liefen wir, uns an den Händen haltend, hinunter zum Strand.

Der Sand war angenehm warm, und das Meer glitzerte in der Sonne, als wir mit den Füßen im Wasser wateten wie zwei glückliche Kinder.

Hier in Portugal sieht man in der Mittagszeit nicht viele Einheimische, und wie überall in den warmen Ländern ziehen sie sich bei fast vierzig Grad in ihre Häuser zurück.

Makana verabschiedete sich mit den Worten, dass sie nach Hause gehen möchte.

»Wann sehen wir uns wieder?«, fragte ich sie. »Heute Abend findet in der kleinen Strandbar ein Fest statt, mit Musik und Tanz. Makana, du bist herzlich eingeladen. Und im Übrigen, wenn du einverstanden bist, kannst du mich duzen.«

»Okay, Ben. Tschüss, bis heute Abend.«

Ich lief noch alleine auf der Insel entlang, bis zum späten Nachmittag. Dann ging ich zum Hotel.

Am Pool lagen ein paar Frauen. Ich hatte sie schon am ersten Tag gesehen. Sie grüßten und winkten höflich. Doch ich konnte ihnen nicht meine Aufmerksamkeit schenken, zu viel dachte ich an Makana.

Mit meinen fünfundfünfzig Jahren war ich nicht mehr gerade der Jüngste. Deshalb war ich froh, noch so eine Liebe gefunden zu haben. Die meisten Touristen suchten nur einen Urlaubsflirt, für mich hingegen wurde es Zeit, eine Frau zu finden, die mich bis zum Ende unserer Zeit begleitete. Ich glaube, ich war gerade dabei, eine neue Version der Liebe und des Liebemachens zu entdecken.

Es war immer noch sehr heiß, und ich musste mich erst mal unter eine Palme stellen. Da fiel mir ein: Ich hatte schon ein paar Tage nicht mehr geschrieben; ich arbeitete nämlich an einem Manuskript. Ich schob es auf. Vielleicht konnte ich ja zu einem späteren Zeitpunkt darauf zurückkommen.

Während die meisten Urlauber schon wieder das Flugzeug für die Heimreise bestiegen hatten, ließ ich mich erst einmal in Portugal richtig nieder.

Ich mochte keine Tränen und keinen Schmerz, und schon gar nicht, dass ich mich schon wieder hätte trennen müssen.

Makana lächelte, als sie mich von Weitem sah, und winkte mir zu.

Der Raum war schon gefüllt mit hübschen Männern und Frauen. Von hier aus sah man die Abendröte mit dem Meer verschmelzen.

Als Makana näher kam, sah ich, wie schön sie sich gemacht hatte. Ihr Haar schmückte eine große weiße Blume, und sie trug ein buntes, langes Kleid, dessen Rückenausschnitt fast bis zu ihrem Po reichte.

Wir tanzten bis spät in die Nacht hinein, und als ihr letztes Glas leer war, gingen wir hinunter zum Meer.

Makana zog sich aus, und nackt lief sie ins Wasser. Sie winkte mir zu, bis ich ihr, schließlich ebenfalls völlig entkleidet, nachlief.

Ich stellte mich hinter sie, sodass ich an meiner Männlichkeit ihre exotischen Rundungen spürte. Sie drehte sich wie eine Meerjungfrau, hielt sich an meinen Schultern fest, sodass sie nach oben zu meinem Schoß quaddelte. So hörte es sich im Wasser an.

Während ich sie abwechselnd nach oben und nach unten gleiten ließ, spürte ich eine Liebe, die mich wünschen ließ, diese Zeit möge nie zu Ende gehen.

Ich war ziemlich erregt und glitt in ihre Liebeshöhle. Es dauerte eine ganze Zeit, bis wir dieses Spiel im Wasser beendeten.

Makana fragte mich auf dem Nachhauseweg, ob ich länger in Portugal bleiben könnte.

»Ich liebe dich, Ben. Wir würden uns näher kennen lernen, wenn du ein paar Monate hier bleiben könntest. Du darfst in meinem Haus wohnen und hättest ein eigenes Zimmer. Du erwähntest, dass du schreibst. Dort könntest du dich zurückziehen, um dein Manuskript zu vollenden.«

Am nächsten Tag sahen wir uns am Abend wieder. Makana hatte mich in ihr Haus eingeladen. Es hatte riesige Fenster, von dort konnte man die Abendsonne sehen. Draußen standen ihre Pferde.

Sie hatte mir erzählt, dass sie Pferde über alles liebte. Sie hörten ihr zu, wenn sie traurig war, und trugen sie auf ihrem Rücken. Sie liebte es, wenn sich die Mähne der Pferde und ihre Haare im Wind bewegten, wild und geschmeidig zugleich.

»Wovon lebst du, Makana? Ich meine, das Haus und die Pferde kosten doch sicher viel Geld.«

»Ben, du musst wissen, ich lebe vom Meer. Fischfang und die Nahrung auf dem Lande nähren uns, wobei ich ein Unternehmen in der Südsee leite. Ich habe dort meine Leute, die nach Perlen tauchen Aber nicht nur das. Ich sehe da auch meine Familie wieder.«

»Was ist das für ein Fenster dort, Makana?«

»Meinst du das in der Mauer? Das ist das Fenster zum Paradies. Schau hinaus, dann schaust du hinein.«

»Warum nennst du es Paradies?«

»Weil ich den Himmel und das Meer dafür halte.«

»Von hier aus hat man tatsächlich die beste Aussicht auf das weite Meer.«

Den Tag ließen wir mit einem Kuss ausklingen, bevor ich zurück ins Hotel ging.

Schon früh am Morgen klopfte jemand an die Tür. Als ich öffnete, stand ein Mann von der Rezeption vor mir.

»Sind Sie Ben Stiller?«

»Ja, der bin ich.«

»Unten steht eine Dame, die Sie sprechen möchte.«

»Ich ziehe mich an und bin in fünfzehn Minuten unten.«

Es war Makana, die mich erwartete. Sie war aufgeregt und erzählte mir, dass ihre Pferde verschwunden seien. »Kannst du mitkommen und mir suchen helfen, Ben?«

Wir waren bei den Felsen und suchten bis zur anderen Seite, denn dort führte ein schmaler Gehweg bis zum Meer hinunter. Es war ein kleiner Hang zu sehen, der auf der anderen Seite wieder nach unten führte.

Umgeben von Büschen und Bäumen, sah man dort schon die Pferde stehen.

»Wahrscheinlich hatten wir am Abend zuvor den Holzstulpen offen gelassen, und so konnten sie fortlaufen.«

»Ja, Makana, so wird es gewesen sein. Lass sie uns nach Hause führen.«

»Ich bin so froh, dass du bei mir bist, Ben.«

Es war ein holpriger Weg, und nur langsam kamen wir mit den Pferden voran. Aber sie schienen sich gut auszukennen, wobei sie diese Zeit der Freiheit offensichtlich auch genossen hatten.

Wir einigten uns, den Rest des Tages hier zu verbringen, in Makanas Haus und nahe ihrem Paradies.

Ich war noch nie in ihrem Schlafzimmer gewesen, als sie mich jetzt hineinführte. Die Sonne durchdrang diesen Raum.

Wir zogen uns aus, und Makana holte ein duftendes Öl aus ihrem Schränkchen dort an der Wand. Durch die Glastür konnte man erkennen. dass dort noch so einige Kostbarkeiten standen. Sie nahm ein paar Tropfen auf ihre Hand und strich mir das exotisch duftende Öl über meinen

Körper. Je tiefer ihre Hände kamen, umso schwerer ging mein Atem.

»Lass uns viel Zeit miteinander verbringen, Ben. Denn wenn wir langsamer und bewusster mit dem Liebemachen umgehen, wirkt es wie eine Medizin. Bei den meisten gibt es hierfür keine Wertschätzung mehr. Und noch etwas. Ich liebe dich, und mein Ziel ist es, im Hier und Jetzt zu sein. Jeden Augenblick mit meinem Körper verbunden zu sein ist ein wunderbares Gefühl.«

Während wir uns immer wieder küssten und ich langsam ein klein wenig in sie hinein und wieder hinaus glitt, mich wieder und wieder sachte zurückzog, spürten wir uns intensiver. Dabei schauten wir uns an, atmeten bei jeder Bewegung tief ein und aus.

Dann schloss sie ihre Augen. Ich spürte, dass sie sich nach einem Orgasmus sehnte. Ich drang tiefer in ihre Liebesmuschel ein und berührte sie dort, wo ein Mann und eine Frau sich vereinen. Schnelles Atmen, Stöhnen, ruhiges Atmen, Küsse, Berührungen und Liebkosungen ließen uns in dieser Nacht langsam in den Schlaf gleiten.

Am Morgen, als die Sonne uns belauschte, sah ich ihre Brüste. Sie erhoben sich und ich rang mit meiner Lust, denn ich spürte eine unendliche Liebe zu dieser Frau.

»Makana, wach auf. Ich komme mir vor wie in

einem Märchen. Sind das wirklich du und ich?«

Sie erhob sich von unserem Liebesnest, um einen Orangensaft zu trinken.

»Ben, das sind Orangen aus meinem Garten. Sie geben Kraft und Energie. In ihnen steckt die Sonne Portugals.«

Dann legte sich Makana wieder an meine Seite. Ihre Brustwarzen standen wie Stifte nach oben, als sie ein leises Stöhnen von sich gab. Wir fanden das alles wunderschön.

Die Zeit war uns vorausgeeilt. Es war schon Mittag, als wir uns endlich erhoben. Wir waren hungrig. Makana machte uns ein schmackhaftes Essen. Dazu gab es Wein aus den Trauben ihres Gartens.

Am Nachmittag ritten wir mit zwei ihrer Pferde bis zum Strand.

»Makana, reite nicht so schnell!«

Nachdem die Sonne untergegangen war, machten wir uns auf den Weg zurück. Ein lauer Wind kam vom Meer herüber, und man sah die vielen Fischerboote zu ihrem nächtlichem Fang hinausfahren. Zahllose Lichter funkelten wie die Sterne am Himmel von der Nachbarinsel herüber. Später beobachteten wir den Mond, der sich in den Wellen spiegelte.

Die Luft war so warm, dass man sich nur vollkommen nackt ins Bett legen konnte.

»Weißt du, Makana, es gab eine Zeit, da

brauchte man immer einen Reiz, und man konnte nur, wenn die Frau etwas zu bieten hatte, wie Sexwäsche und anderes. Das ließ uns dann zum Höhepunkt kommen. Doch mit dir ist das anders, trotz deiner Reife. Du hast noch einen wunderschönen Körper.«

»Ja, Ben. Ich glaube auch, mit dir ist es anders.«

»Ich denke, wir können lernen, uns bedingungslos zu lieben.«

»Ben, hast du morgen noch etwas Zeit? Ich würde gerne mit dir bis hinüber zur anderen Insel reiten.«

»Ja, das kann ich einrichten. Wir könnten schon vor Sonnenaufgang los.«

»Nun lass uns erst noch ein paar Stunden schlafen, damit wir bei unserem Ausritt genauso fit sind wie die Pferde. Gute Nacht!«

An Felswänden vorbei erreichten wir die andere Insel. Sie war eher flacher, und herrliches Grün breitete sich vor meinen Augen aus, so weit ich sehen konnte. Wir ritten hinein in ein Elfenfeld. Verzaubernd, diese bunte Blumenwelt! Die Sonne schlich sich bereits hindurch, und sie ließ die Elfen tanzen in ihrem Schimmer, der durch jedes Ritzchen schien.

»Ben, schau dort. Siehst du diesen schönen Ort? Mit der Herde wilder Pferde? Lass uns etwas näher heranreiten.«

»Makana, sie sind so wild und frei wie du.«

Mit ihren glänzend braunen Augen blickte sie mich lächelnd an.

»Ja, so fühle ich mich auch, Ben.«

Wir stiegen von unseren Pferden, und eine ganze Weile lagen wir in dem riesigen Beet voller Blumen.

»Ist das nicht schön? Es scheint das Paradies auf Erden zu sein, Makana.«

Am Nachmittag ritten wir wieder zurück.

»Wenn du Lust auf Feiern hast, Ben, dann zeige ich dir heute noch die portugiesischen Frauen mit ihren Tänzen.«

»Makana, sei mir nicht böse. Ich würde gerne etwas schreiben heute Abend.«

»Das ist okay, Ben.«

»Es ist ziemlich wichtig für mich, damit abzuschließen. Dann habe ich auch noch ein wenig Zeit für unsere Liebe. Tschüss, Makana. Ich liebe dich. Dann sehen wir uns morgen. Wir könnten zusammen Frühstück machen.«

»Ich liebe dich auch. Bis morgen früh, Ben.«

Pünktlich zum Frühstück rief ich Makana schon vom Garten aus zu: »Hallo, guten Morgen!«

»*Olla*, Ben.«

Nur mit einem Tuch bekleidet, schwebte sie, umflattert von ihren langen Haaren, über die Terrasse. Sie hatte den Tisch mit Blumen gedeckt. Als sie sich dann setzte und ihre Beine leicht öffnete, überkam mich ein Gefühl der Lust. Doch ich riss mich zusammen und hob meine Gedanken für später auf. Sie nahm sich eine Banane vom Tisch und öffnete sie. Dann lutschte und saugte sie zart daran, sodass meine Gefühle mich schon gleich wieder einholten.

»Warum schaust du mich so an, Ben? Ich esse in der Frühe nur Obst.«

Schließlich standen wir auf und liefen zum Fenster des Paradieses.

Als sie mich anschaute, musste ich sie küssen. Ich konnte nicht länger widerstehen. Das Tuch, das ihren Körper bedeckte, löste sich und glitt zu Boden.

Mit ihren hohen Schuhen, mit denen sie mir gegenüberstand, reichte ihr Becken bis zu meinem. Ich fasste Makana an ihren Po und schob sie nach oben, als sie dann ihre Beine noch einmal öffnete und ich in sie kroch.

Ich spürte dieses tiefe Eindringen in dieser Stellung, und jede ihrer Bewegungen machte mich noch lustvoller und männlicher.

»Lass uns ins Haus gehen.«

Wir liebten uns im Schlafzimmer ihres Hauses weiter. Sie hatte dort wunderschöne Kristalle platziert, die ich vorher noch nicht entdeckt hatte.

»Makana, was bedeuten diese Kristalle für dich?«

»Sie symbolisieren Liebe, und die Farben schaffen eine ruhige Atmosphäre. Ich möchte dir einen Tanz zeigen. Einen Tanz aus meiner Heimat Hawaii.«

Ich war schon ganz aufgeregt, als sie mir das verkündete.

Sonnenstrahlen drangen durch das Fenster und ließen die bunten Kristalle an der Decke reflektieren. Dann legte sie ein Lied auf, damit sie nach dem hawaiianischen Song für mich tanzen konnte.

Langsam bewegte sie ihr Becken im kreisenden, wiegenden, typischen Tanz der Südsee, einfach wunderschön. Sie trug eine Kette mit Perlen aus ihrer Heimat.

Sie sah aus wie eine Blume, sie duftete auch so, als sie dann noch sanft ein Öl auf ihre Haut auftrug, das nach Vanille roch.

»Makana, tanze bitte noch weiter. Du bist wunderschön anzusehen.«

Die Musik lief weiter, als sie mich in ihr Liebesnest zog und wir auf dem Bett gemeinsam unseren Hawaiitanz weiterführten. Bei dem Lied *Pa Ahana* glitten wir ineinander. Makana drehte ihr Becken noch einmal kreisend auf mir. Wir machten weiter mit Küssen und Berührungen und nahmen dann eine andere Stellung ein, in der wir uns mit weichen Blicken in die Augen schauen konnten.

Makana stöhnte leise. Als wir beide zum Höhepunkt gekommen waren, lösten wir uns voneinander, unser Tanz war nun zu Ende.

Noch eine ganze Weile lagen wir so, bis Makana sich erhob und ich ihr folgte. Wir gingen noch gemeinsam im Meer schwimmen. Es war alles so schön. Wir ließen das Leben und unsere Liebe einfach nur geschehen.

Spät am Abend vollendete ich mein Manuskript und gab es am Morgen danach auf die Post nach Deutschland. Wenn es gut war, könnte ich eine Weile davon leben. Ich würde mein neues Leben mit Makana verbringen und hier auf der Insel weitere Bücher schreiben.

Am anderen Tag teilte mir Makana mit, dass sie dringend nach Hawaii müsse. Schon morgen, am Samstag, fliege sie in ihre Heimat, sagte sie.

»Du kannst in meinem Haus bleiben, Ben, denn deine Urlaubszeit im Hotel ist sowieso zu Ende. In einer Woche bin ich wieder bei dir. Was meinst du?«

»Du bist frei, ich bin frei, und doch, ich vermisse dich jetzt schon, Makana. Aber mach dir keine Sorgen, ich pass auf die Pferde auf und kümmere mich um alles hier. Dann brauchst du dieses Mal keinen Fremden darum zu bitten.«

»Möchtest du heute schon hier bei mir sein, Ben?«

»Ja, zeige mir alles und sage mir, was alles zu erledigen ist.«

Sie packte ihren kleinen Koffer und das Täschchen.

Am späten Nachmittag lud sie mich zu einer Fahrt im Boot ein. Das riesige Meer nötigte mir Respekt ab, und als die Sonne unterging, fuhren wir wieder zurück.

»Ich werde heute früh zu Bett gehen«, sagte Makana, »da morgen schon beizeiten der Flug geht.«

Ich legte mich zu ihr, damit ich sie noch einmal spürte, bevor sie fortging.

»Makana, ich fühle mich bei dir so männlich wie noch nie. Könntest du dir vorstellen, mit mir bis ans Ende unserer Zeit zu gehen?«

»Oh ja, Ben, das würde ich tun wollen. Mit dir kann ich lieben, wie ich es nach meinen innigsten Wünschen schon immer tun wollte. Mit dir ist jede neue Erfahrung der Liebe ein Abenteuer. Sie ist Erfüllung.«

»Makana, ich hatte auch noch nie zuvor eine so glückliche Liebesbeziehung.«

Sie streichelte meine Wangen und küsste mich.

»Liebe ist etwas Kostbares, Ben, und kann Balsam für die Seele sein.«

»Dich bewusst zu lieben ist ein Geschenk.«

Ich kuschelte mich an diesem Abend von hinten an sie. Dabei berührte ich sie sanft, bis sie ihre Beine öffnete, damit ich hinein konnte. Sie atmete heftiger, als ich weiter in sie ging.

Danach legte sie sich auf den Rücken und ich kniete mich vor sie. Dabei hob sie ihr Becken leicht an und legte ihre Beine auf meine Schulter.

Sie öffnete ihre Liebesmuschel und ich berührte den Eingang mit meiner Kuppe. Langsam ging ich immer tiefer in sie.

Ich spürte ein Gefühl der Unendlichkeit. Ihre Brüste erhoben sich immer wieder, als unsere Gefühle zusammentrafen.

Ein klein wenig Schlaf noch.

Wir erwachten und erinnerten uns.

»Es war schön.«

»Danke …«

Dann verabschiedeten wir uns. Alles war gut.

In dieser Zeit des Alleinseins entstanden die nächsten Zeilen eines anderen Buches. Ich genoss eine Zeit der Ruhe und Zufriedenheit.

Nach einer Woche sahen wir uns wieder. Makana erzählte mir viel, und sie hatte ihre Familie wiedergesehen.

»Die Geschäfte laufen gut, auch mit dem Verkauf der Perlen. Und ich muss dir noch etwas erzählen, Ben.«

»Ich hör dir zu, erzähle nur, Makana.«

»Ich habe zwei Kinder, eine Tochter und einen Sohn. Sie leben ebenfalls auf Hawaii. Ich lernte noch sehr jung einen Mann kennen. Er kam genau wie ich aus der Südsee. Von ihm bekam ich zwei Kinder. Doch konnte ich sie nicht versorgen damals und gab sie den Menschen, die ich am liebsten habe, meinen Eltern, die sie großzogen.

Der Vater meiner Kinder ging fort. Ich sah ihn nie wieder. Jedes Jahr besuche ich sie und finanziere diesen Flug von dem Verkauf der Perlen. Natürlich fehlten sie mir sehr, doch sind sie mir nicht böse. Meine Mutter war wie eine Mutter zu ihnen. Sie sind nun erwachsen und haben selbst Kinder. Vielleicht wirst du sie einmal kennen lernen.«

»Ja, und was war genau mit dem Vater deiner Kinder?«

»Er hatte noch andere Frauen, so verließ ich ihn damals und ging nach Portugal. Es war die einzige Chance, in ein anderes Leben zu gehen.«

»Es ist wunderbar, dass deine Kinder und auch du gut damit klarkommt, Makana. Denn manchmal muss man einfach einen anderen Weg gehen. Dann wird man lernen und wachsen können.

Ich möchte mit dir ans Meer, Makana, kommst du mit?«

Hand in Hand führte uns dieser Weg dorthin.

Nach ein paar Stunden gingen wir wieder zurück zum Haus. Die Räume waren mit Liebe gefüllt, und wieder waren wir zeitlos.

Sie nahm meine Hand und zog mich langsam an sich.

Eine Frau gab mir Liebe, wie ich sie noch nicht gekannt hatte. Diese Liebe ist eine Reise ins Innere. Es ist eine Botschaft, für alle Menschen dieser Erde.

Sagt allen Menschen dieser Welt:

Es ist das Schönste und Heilendste auf Erden, von dir geliebt zu werden.

Ein Wort für Eleni

Es wurde einst erzählt, die Kinder würde der Klapperstorch bringen. Ja, *Klapperstorch* sagte man dort zu Hause.

Sie würden bis zu der Bornkammer dort oben am Feld fliegen und sie dort ablegen. Ein schöner Glaube, wenn man noch Kind ist.

In dem Ort habe ich aber noch nie einen Storch gesehen, in anderen Orten jedoch sah man hoch droben große Nester, in denen tatsächlich Storchenpaare waren, und nicht lange danach ihre Kinder.

Eleni und Leonardo erzählten sich noch oft über diese Wunschvorstellung. Nun waren sie aber alt genug, um zu wissen, dass sie selbst nicht vom Storch gebracht worden waren. Natürlich konnten nur erwachsene Liebespaare darüber entscheiden. Es gehörte Liebe dazu, um diesem Wunsch näher zu kommen.

Eleni ist ein griechischer Name. In der antiken griechischen Dichtung wurde dieser Name auch als Begriff für ›Sonne‹ oder ›Mond‹ gebraucht.

Aber auch für ›strahlend‹ und ›leuchtend‹.

Und *Leonardo* ist in Italien sehr beliebt. Er spiegelt die Kraft eines Löwen wider.

Die Augen von beiden sind braun, und wenn die Sonne scheint, sehen sie aus wie Bernsteine.

Sie fühlen diese Schmetterlinge im Bauch, die von Liebe sprechen.

Ich kannte die beiden, aber auch Elenis Leben, sehr gut.

Eleni und Leonardo waren sehr unterschiedlich in ihrer Art zu lieben. Die Unterschiedlichkeit in der Liebe bringt aber auch einen großen Spielraum mit sich. Dadurch können sie gemeinsam Neuland betreten. Es war erst der Anfang, deshalb wohnte ihrer Liebe noch ein Zauber inne.

Aber ohne Spielfreude, ohne Zeit wird es keine Chance geben, die Liebe zu entdecken.

Was sind ihre Sehnsüchte und erotischen Fantasien?

So verbrachten sie Tage und Nächte voller Verliebtheit. Elenis Lust, die sie oft verspürt, konnte man als Ausdruck der Liebe deuten. Sie konnte sich noch erinnern, weil es erst vor ein paar Monaten begonnen hatte.

Leonardo fragte sie: »Möchtest du nicht von mir geliebt werden?« Weil sie manchmal zögerte.

»Sicher«, antwortete Eleni.

»Und warum machen wir dann nicht wenigstens einen Anfang?«, fragte er.

Danach stand die Zeit nicht mehr still. Sie waren mit ganzem Herzen bei der Sache.

Dann verschwand Leonardo im Dunkel der Nacht, als hätte es ihn nie gegeben. Mit ängstlich geweiteten Augen und langsamen Schritten ging Eleni nach Hause.

Der schwarze Himmel mit seinen Sternen erstreckte sich vor ihr, bis sie endlich an der Haustür stand. Eben noch mit Angst vor der Dunkelheit, lief sie nun auf Zehenspitzen glücklich lächelnd in ihr Schlafzimmer. Das war das erste Mal, dass sie Körpernähe spürte.

Ein anderes Mal liefen sie spät am Abend zum Strand. Eleni zeigte zuerst ihre Nacktheit. Leonardo folgte dieser Einladung. Als sie den Liebestanz im Meer vollendet hatten, sagte Leonardo etwas Wunderbares zu Eleni: »Ich liebe deine natürliche Nacktheit, und du warst bezaubernd.«

Eleni suchte immer nach dem Sinn des Lebens. Sie war sich dessen bewusster denn je, dass sie jetzt erst wusste, wer sie war und was sie wollte.

Doch ihre Vorstellungskraft reichte nicht aus, um nachvollziehen zu können, wie einst mal alles entstand. Gab es eigentlich einen Gott? Und wie kam es zu allem? Wer hatte diese wunderbare Welt und die Liebe erschaffen?

Für Eleni war es eine neue Lebenserfahrung, geliebt zu werden.

Als sie wieder einmal am Wasser ihrer Verliebtheit waren, schrie Leonardo hinaus: »Eleni, ich liebe dich!«

Wie ein Orkan durchbrauste sein Ruf die Luft und verhallte im hellen Mondschein.

Dann war es fast vier Uhr, der Mond war untergegangen, die Nacht stockfinster. Eleni lag still im Sand.

Sie wagte kaum zu atmen und wartete auf Leonardos Küsse. Die schwüle, warme Luft schwappte wie ein Hauch herüber vom Meer, als Leonardo sich über Eleni beugte. Er kleidete sie aus und streifte ihr das Höschen die Beine hinunter. Dann war sie nackt.

Eine Woge der Zärtlichkeit ergriff beide, als er sie endlich wieder küsste. Schweigend sahen sie sich eine ganze Weile nur an. Man war einfach glücklich, wenn man sich liebte, dessen war sich Eleni bewusst. Sie blickte ihm tief in die Augen. Dann konnte sich Leonardo nicht mehr länger zurückhalten. Eleni ließ ihn in ihre Mandel kriechen.

Sie drehten sich im Sand, bis sie auf ihm lag und seinen Liebesstab noch tiefer in sich spürte.

Ehe der Tag anbrach, wollten sie zu Hause sein. Sie wurden schon leicht geblendet von der aufgehenden Sonne. Einen Augenblick noch hielten sie inne, dann zogen sie sich wieder an und gingen, mit den Füßen spielend, im Sand. Junge

Liebe war es noch, in diesem Augenblick.

Die Sonne strahlte bereits und begrüßte alles Leben.

Auf der anderen Seite des Weges lief ihnen eine Frau entgegen. Aufbrausend fuhr sie Leonardo an: Er sei ein Verräter ihrer Liebe. Warum er das täte?

Eleni blieb nichts anderes übrig, als stumm und hilflos dazustehen. Wer war dieser Mensch, und was wollte sie von Leonardo? Bis dahin hatte Eleni noch gedacht, mit wie viel Glück und Liebe sie doch beschenkt wurde. All das erleben zu dürfen. Sie wusste nicht, was sich da abspielte. Nur eine leise Ahnung durchflog ihren Körper. Hatte Leonardo noch eine Geliebte?

Es gab wahrscheinlich noch eine andere Seite des Lebens. Sie hatte Angst und wusste nicht, wo sie es einordnen sollte. Doch war es auch eine neue Herausforderung.

Als sich diese Frau lange genug mit Leonardo gestritten hatte, ging sie. Dann stellte Eleni, sie versuchte es zumindest, Leonardo zur Rede. Was bedeutete das alles?

Er erklärte ihr, dass Muriel eine Freundin gewesen war und nicht mehr in seinem Leben existierte, bis vor Kurzem zumindest. Dass sie, Muriel, davon aber nichts hören wollte. Sie sei wie besessen, und das sei sie früher schon gewesen, sagte er.

Eleni sprach noch eine ganze Weile mit Leonardo und sagte ihm, dass sie nur mit einem Mann gehen würde, der der Einzige in ihrem Leben sei, und dass sie von diesem Mann, der ihre Liebe verdiene, auch geliebt werden wolle. Dass sie auch wirklich nur mit einem solchen Mann ihre Fantasien leben könne.

Beide gingen erst mal für ein paar Tage ihren eigenen Weg.

Doch Muriel kam wieder und verlangte von Leonardo, mit Eleni Schluss zu machen.

Eleni gab so schnell nicht auf, doch wollte sie auch kein Lückenbüßer sein. Sie hielt es zu Hause nicht mehr aus. Bald darauf traf sie sich mit einer Freundin in einem Café, um wenigstens mit irgendjemand darüber sprechen zu können. Ihre Freundin fand das auch nicht lustig. Leonardo sollte sich nun entscheiden.

Sie ging und suchte nach ihm und lief bis zum Strand an den Ort, wo sie ihn geliebt hatte.

Was musste sie sehen? Er lag dort, völlig nackt, mit Muriel. Sie waren betrunken und so laut, dass sie Eleni noch nicht einmal bemerkten. Das wollte sie nicht noch mal mitansehen. Sie beschloss, diesen Jungen nie wiederzusehen.

Das hatte ihr die Augen geöffnet. Jetzt wusste sie auch, welchen Weg sie gehen würde. Zuerst den Weg zu Leonardo. Sie gab ihm eine Ohrfeige und nannte ihn einen Lügner, dessen Liebe und alles andere nur ein Spiel für ihn gewesen sei.

Dann ging sie fort. Viele Wochen musste Eleni erst einmal damit klarkommen. Dann ging sie in das nahe gelegene Dorf zu einer Party. Sie war eingeladen worden, von der Freundin, die sie schon im Café getroffen hatte. Es waren bereits viele Gäste da.

Einer, es war Ralf, sah ihr lächelnd entgegen.

Eleni wirkte frisch und mädchenhaft in ihrer Seidenbluse und dem smaragdgrünen Schal.

Fünf Minuten später setzte sich Ralf zu ihr, um ihr zu sagen, wie sehr Eleni ihm gefiel. Sie sprachen den ganzen Abend über ihre Familien und ihre Träume.

Ralf nahm Eleni an die Hand, lief mit ihr ein Stück des Weges, bis sie zu einer alten Scheune kamen.

»Wollen wir nach oben klettern?«, fragte er sie.

»Oh ja, ich erinnere mich gerade an den Heuboden meiner Oma«, flüsterte Eleni. Sie hatten einen leichten Schwips, doch dann lagen sie auch schon im Heu. Er beugte sich über sie, um sie liebevoll zu küssen. Sie spürte seinen Körper auf dem ihren. Ralf war kein Draufgänger, deshalb drängelte er Eleni auch nicht. Sie küssten sich wieder und wieder. Es waren die längsten und schönsten Küsse, die sie je auf ihren Lippen gespürt hatte.

Er wollte Eleni unbedingt wiedersehen. Ein

anderes Mal trafen sie sich am Meer. Dann der erste Treff bei Eleni zu Hause. Sie nahm ihn mit in ihr Zimmer.

Ralf hatte sich in Eleni verliebt, und Eleni musste nach der Enttäuschung von damals erst herausfinden, ob es ehrlich gemeint war. Sie würde Leonardo, diesen Lügner, nie wiedersehen. NIE WIEDER.

Ralf warf ihr einen schnellen Blick zu. Zu gut wusste sie inzwischen, dass er unwiderstehlich war. Er wollte sie verführen. Jede Stunde, jeden Tag mehr.

Ein paar Tage später nahm Ralf Eleni mit hinaus in seinem neuen Auto. Er hielt an einem Wochenendhaus, an einem Seeufer.

Es war wunderschön, dieses malerische Anwesen. Es gehöre ihm, eine lange Geschichte, sagte er.

Ralf erzählte sie.

Dann nahm er Eleni an die Hand und zeigte ihr die Weite des Wassers. Führte sie um das Haus bis zur Terrasse auf der anderen Seite. Er küsste sie. Eleni genoss diesen kurzen Kuss.

»Wunderschön ist es hier«, sagte sie strahlend. Sie atmete die saubere, liebesgetränkte Luft ein und wieder aus.

Es tat ihr gut, dass gerade Ralf kam und sich so sehr bemühte, damit sie wieder an die Liebe glauben konnte.

Und ja, diese Liebe war anders. Doch jeder liebte anders. Leonardo hatte sich keine Mühe mehr gegeben seit dem Auftauchen von Muriel. Wahrscheinlich waren sie nicht Herrscher über ihre Liebe, sondern unterlagen den Befehlen, die sie gab. Wie ein ausgedientes Möbelstück hatte er sie damals stehen lassen.

Ralf wirkte nachdenklich, ebenso wie Eleni.

Dann sagte er zu ihr: »Ich liebe dich. Liebst du mich auch?«

»Ja, sehr.« Es klang ehrlich, und sie wurde sogar leicht rot dabei. Ihr war soeben klar geworden, dass es wirklich stimmte. Es war Liebe, da gab es keinen Zweifel.

Sie küsste ihn mit wilder Sehnsucht. Dann schloss Ralf seine Augen, um sich auf diesen wunderschönen Augenblick zu konzentrieren. In seinen Gedanken war jetzt kein Platz für andere *Begebenheiten*.

In diesem Moment gab es nur noch sie und ihn und ihre Liebe. Er küsste sie immer noch. Eleni konnte kaum noch atmen.

Es war bereits dunkel geworden. Am nachtblauen Himmel waren viele Sterne zu sehen und der Mond spiegelte sich im Wasser. Es war schwarz, dieses Wasser im See.

Eleni spürte seinen nackten Körper auf ihrem.

Ralf hatte dichtes braunes Haar und blaue Augen. Die Lippen immer geformt wie zum Küssen bereit. Er war groß. Größer als Eleni, sie wirkte fast schon niedlich neben ihm. *Ralf* bedeutete ›der Starke‹ und war ein althochdeutscher Name, den es nicht so oft gab in dieser Zeit.

Eleni bemerkte ein leichtes Prickeln und Schmetterlinge im Bauch, die noch immer ihre Wirkung vollbrachten. Sie atmete tief. Ihre Lippen zuckten.

Ralf gab ihr einen Kuss und sagte: »Du bist meine Kirsche.«

Das hatte noch nie jemand zu ihr gesagt. Sie lehnte ihr Gesicht an seine Schulter und lächelte.

Dann verließ sie den Raum. Ihre Schritte wurden schneller, weil sie es kaum erwarten konnte, zum See zu gehen.

Ralf folgte ihr. Doch sie war blass und in Gedanken.

Ohne erst lange zu fragen, sagte er ihr, wenn sie reden wolle oder Sorgen hätte, dann sei das der richtige Augenblick.

Eleni erzählte Ralf die ganze Geschichte, die sich mit Leonardo zugetragen hatte. Erstaunlicherweise wurde er nicht wütend. Dieser Mann habe ihre Liebe nicht verdient. Nun sollte sie einer neuen Zeit gegenübertreten.

Ralf bat sie mit zur Terrasse zu gehen, er wolle mit einem Glas Sekt anstoßen.

»Es ist schön, bei dir zu sein, Eleni.« Ralf gab ihr das Glas und fügte hinzu: »Ich möchte, dass du glücklich bist.«

Sie drehte das Glas in ihren Händen und genoss den Rest.

Ralf lachte leise. Er spürte Freude in sich, weil Eleni ihn so faszinierte. Sie war eine reife Frau und doch so mädchenhaft. Er nahm sie in die Arme. Sein Kuss war zärtlich und voller Leidenschaft.

Ralf schloss die Augen beim Küssen, er war einfach wundervoll. Dann erzählte er seine Geschichte.

Er stamme aus einer kleinen Familie und sei der einzige Sohn. Seine Mutter wollte immer viele Kinder. Doch leider war aus gesundheitlichen Gründen nie was daraus geworden. Er selbst würde gerne viele Kinder haben.

Er zwinkerte ihr zu, als wäre das schon die Antwort für beide. Dann lachte auch Eleni.

»Oh, viele Kinder, das wäre toll.«

Freudentränen füllten ihre bernsteinfarbenen Augen.

Das Wochenende war wie im Fluge vergangen. Nun begann der Alltag wieder, und Ralf musste ins Büro seiner leitenden Firma. Er war sehr glücklich.

Sie sahen sich bald schon wieder. Ralf nahm ihre Hand und drückte einen Kuss darauf.

»Wir werden ein Kind bekommen«, sagte Eleni zu ihm.

Die Freude war groß.

Eleni war im vierten Monat schwanger, als sie Bauchschmerzen bekam. Ralf fuhr sie sofort in die Klinik, doch sie blutete schon. Eleni verlor ihr erstes Kind. Er fragte sie später, wie es ihr gehe.

»Etwas besser. Aber unser Kind, Ralf ... es war ein Mädchen.«

Ralf hatte sich immer ein Mädchen gewünscht.

Eleni begann zu weinen, bis sie sich in den Schlaf geweint hatte. Dann ging Ralf. Er war traurig, aber sie würden doch noch Kinder bekommen können, da war er sich sicher. Er hatte schon mit dem Arzt gesprochen. Er betrachtete Eleni beim nächsten Besuch im Krankenhaus und teilte ihr mit, dass sie nach Hause könne.

»Das ist gut«, sagte sie und strich ihm mit der Hand über den Rücken.

»Das Leben wird weitergehen und wir werden noch viele Kinder haben, meine Liebe. Wir werden in unser Wochenendhaus fahren«, sprach Ralf zu Eleni. Er schaute sie mit seinen großen blauen Augen an und küsste sie auf den Mund.

Es war kein Lippenstift vor Ralf sicher. Er küsste dieses Rosé immer wieder ab. Eleni legte die Arme um seinen Hals, sie musste sich immer etwas strecken. Doch das war es wert. Eleni wollte nur noch an die Zukunft denken und an die Zärtlichkeit, die ihr Ralf gab.

Es war, als wäre sie in einem Rausch von Sehnsucht.

»Ich muss dich küssen«, gab er zurück, als sie von Liebe sprach. Seine Lippen berührten ihre, und ein nicht enden wollender Kuss folgte. Ralf küsste viel, lange und gerne.

Sie blieben ein paar Tage länger am See, bis sie sich wieder näherkommen konnten.

»Ich will dich lieben, Eleni.«

Das Fenster stand weit offen. Die Luft war angenehm, die Sonne warf ihre letzten Strahlen herab, Vögel hörte man ihr Lied trillern – endlich war Sommer.

»Eleni, ich will mit dir leben, du bist die Frau, die ich immer bei mir haben möchte. Möchtest du meine Frau werden?«

Eleni war nicht überrascht, da sie dasselbe wollte wie ihr zukünftiger Mann.

Sie nickte und warf ihm ein Lächeln zu.

Ralf legte seine Arme um ihren Hals und drückte sie fest an sich.

Einige Monate später sagte sie:

»Ralf ich habe eine sehr gute Nachricht für dich. Ich bin wieder schwanger.«

Er gab einen leisen Freudenschrei von sich. Er fasste sie um ihre Taille. Eleni konnte gar nicht weiterreden, weil seine Lippen ihre verschlossen.

Es wäre an der Zeit, die Hochzeit zu planen,

ja, und nur ein weißes langes Kleid käme für die Braut in Frage. Das war ihr Wunsch, schon immer.

Das erste Jahr ihrer Ehe war so schnell vergangen. Inzwischen war ein kleiner Sohn geboren.

Er hieß Martin. Ein lateinischer Name, ›Sohn des Meeres‹. Ein zeitloser Name. Das Meer funkelte in der Sonne. Eleni und Ralf waren froh, dass diesmal alles gut gegangen war. Seine wenige Freizeit füllte er mit seinem Sohn. Doch der Abend gehörte Eleni.

Trotz des Alltags, der ja jeden Tag neu begann, war die Liebe groß und immer existent.

Eleni liebte das Leben, das Wort *Liebe* und alles, was dazugehörte. Farben, jede zarte Berührung, jeden Höhepunkt.

Es vergingen zwei, drei, vier Jahre. Eleni wurde erneut schwanger. Ein Brüderchen für Martin war bereits unterwegs. Auf keinen Fall sollte er alleine aufwachsen.

Neuerdings nannte Eleni ihren Mann *Darling*.

Ralf fühlte sich geehrt und immer wieder geliebt.

Es war wieder so weit. Wenn ihre Kinderwünsche alle erfüllt wären, gäbe es ein Fest, eine Party, flüsterte er ihr ins Ohr.

Alexander war ein kräftiger Junge, als er das Licht der Welt erblickte. Dieser kraftvolle Name kam aus dem Griechischen. Er wurde auch als ›Beschützer‹ gedeutet.

Und nach weiteren Jahren wurde Ralf noch mit zwei Mädchen überrascht. Töchter, die er sich immer schon gewünscht hatte.

Mia, ein slawischer Name, bedeutete ›Liebe‹ oder ›Liebste‹. Sie war sehr zart und klein, als sie geboren wurde.

Chantal, ein französischer Name. Dieser wunderschöne Name kam aus einer Stadt in Frankreich. Aber auch ›die Singende‹ bedeutete er.

Die Familie war nun so, wie Ralf und Eleni es sich vorgestellt hatten. Das Haus war voller Leben und Liebe.

Dann gab es die Party.

Es flogen immer noch überall und nirgends Störche. Aber Elenis Kinder kamen nicht von ihnen.

Was war wohl aus Leonardo geworden, aus seinem Storchenglauben?

Das Wort *Liebe* gehörte für alle Zeit Eleni.

Die Perlen der Südsee

Nur mein Vorhaben konnte mich noch davon abbringen, meinem Leben ein Ende zu machen.

Ich schloss kurz meine Augen.

Das Geheule der Wölfe hing mir in den Ohren, und nach minutenlanger Ohnmacht stand mein Entschluss fest.

Ich musste weg von dieser Frau, weg von diesem kalten, hoffnungslosen Ort, an dem ich weder gewinnen noch verlieren konnte.

Man schrieb das Jahr 1826, als ich mir eine Landkarte besorgte, um mich kundig zu machen, welcher Weg der geeignetste wäre, um nach Tahiti, Samoa und Hawaii zu segeln.

Ich wusste, die raue See barg viele Gefahren, besonders der Atlantische Ozean mit seiner Wildheit, der Pazifik, der nur darauf wartete, einen in die Tiefe zu ziehen.

Ich musste es wagen, denn schon allein meine unstillbare Sehnsucht trieb mich hinaus. Aber ich brauchte noch ein paar Leute, alleine wäre ich verloren gewesen, und vor allem einen Seemann.

Mein Geld würde mich noch eine Weile über Wasser halten.

Ich hörte zu dieser Zeit von einem tüchtigen, erfahrenen Arzt, Dr. Augustin Krämer, ein Marine-Oberstabsarzt, der schon die halbe Welt bereist hatte. Er musste der Richtige sein.

Ein Freund besorgte mir die Adresse, und es dauerte auch nicht lange, bis ich die Zusage hatte.

Meine Mannschaft stellte ich mir in den kommenden Tagen selbst zusammen. Zwanzig Mann meldeten sich aus freien Stücken.

Doch nach Eintreffen des Marinearztes stellte sich dieser erst mal auf stur, weil ich noch immer kein Schiff hatte. Es war nicht so einfach, ein gutes zu finden.

Da hörte ich von einem in der Nähe liegenden Schiff im Hafen von Hamburg, das preiswert zum Kauf angeboten wurde. Ich raffte an diesem Tag alles zusammen, was ich an Geld, Gold und Lebensmitteln noch auftreiben konnte. Besonders Zitronen sollte ich reichlich mitnehmen, und Rum. Erfahren, wie er war, hatte mich der Arzt aufgeklärt: Um Krankheiten zu vermeiden, brauche man die verschiedensten Lebensmittel. Noch in derselben Nacht sollte es losgehen. Die meisten von mir auserwählten Jungs waren früher schon auf See gewesen. Sie waren wild, abgehärtet und strotzten nur so vor Kraft, dass man sich direkt beschützt fühlen konnte. Doch wären sie auch imstande, uns zu verteidigen, wenn wir unterwegs angegriffen würden? Aber mit dieser Angst brauchte ich erst gar nicht aufzubrechen.

Im Hafen von Hamburg lag nun das Schiff. Es war wunderschön, und stolz zeigte es seine dort oben im Wind flatternden Segel.

Dr. Krämer war gut gekleidet, und als ich mich so anschaute, stieg ein wenig Scham in mir auf, denn meinen finanziellen Verhältnissen entsprechend hätte ich mich ebenfalls etwas rausputzen können. Doch mein Geiz hatte mich davon abgehalten.

Wir gingen noch mal alle Punkte gemeinsam durch, als wir auf dem Schiff standen.

»Haben Sie genug warme Decken, Herr Friedrich?«

»Nein, daran habe ich nicht gedacht, tut mir leid. Natürlich besorge ich sofort noch welche.«

»Lassen Sie sich nicht beirren bei dem Gedanken, in die Südsee zu segeln, von wegen, dort sei es sowieso sehr warm. Wir werden Monate unterwegs sein«, erwiderte er. »Kälte und Einsamkeit werden uns einholen, ja sogar frieren lassen, und so manchen Tag werden Sie sich wünschen, nie hinausgefahren zu sein.«

Doch ich ließ mich nicht beirren, denn ich war um vieles jünger als er.

»Dreißig Decken dürfen reichen, ich habe sie dort an der Ecke preiswert in einem kleinen Laden erworben.«

»Das geht in Ordnung. Nun, wenn Sie so weit sind, können wir aufbrechen.«

»He, Leute, braucht ihr noch einen tüchtigen Mann?«, rief da plötzlich jemand herüber.

Ich schaute ihn mir an und musterte diesen Jungen von oben bis nach unten. Er sah mager aus, fast zart, aber ich hatte Mitleid mit ihm, denn er wollte sicher etwas Geld verdienen.

»Na ja, komm rauf aufs Schiff. Für dich wird noch Platz sein, und wie du aussiehst, wirst du mir nicht gerade die Haare vom Kopf fressen.«

Mit einem Bündel, das oben zusammengeschnürt war, kam er an Bord.

»Wir reden später, mein Junge.«

»Jawohl, Sir!«

Der Marinearzt stand schon in Position und wartete nur noch auf mich.

Es war so weit, und ich konnte es kaum fassen, dass die *Santa Maria* mir gehörte.

Ich hatte zwar das Sagen hier auf dem Schiff, doch der Erfahrenere war nun mal Dr. Krämer. Somit ließ ich ihn schon einmal die ersten Anweisungen machen.

»Macht das Schiff fertig!«, rief er den Männern zu und teilte die Jungs für verschiedene Arbeiten ein.

›Ordnung muss sein, das ist gut so‹, dachte ich.

»Herr Friedrich, in einer Stunde möchte ich

Sie unter Deck sprechen.«

»Selbstverständlich, Dr. Krämer.«

Ich bereitete mich schon einmal vor und breitete die Seekarte auf dem großen Holztisch aus.

Pünktlich eine Stunde später klopfte es an meine Tür.

»Herein!«

»Herr Friedrich, sind Sie bereit, meinen Anweisungen so gut wie möglich zu folgen?«

»Ich habe volles Vertrauen, Dr. Krämer.«

Wir waren nun schon zwei Tage unterwegs, als ich mir erst einmal den Jungen vornehmen musste, denn den hatte ich total vergessen.

»Wie heißt du, und wie alt bist du?«

»Ich heiße Emilio, ach, und bin achtzehn, nein, siebzehn«, stotterte er ängstlich.

»Noch ganz schön jung, aber du wirst das schon schaffen, Junge.«

»Ja, Sir, das werde ich.«

Ich schaute hinaus auf das Wasser und atmete tief die reine Luft ein.

»Dort, Delfine!«, rief ich Emilio zu, doch der war schon wieder verschwunden.

Alles auf dem Schiff hatte seine Ordnung, und jede Aufgabe, die Dr. Krämer anwies, wurde anstandslos verrichtet. Das Meer schaukelte sanft unser Schiff und schob es durch das noch ruhige Wasser.

Nach mehreren Wochen kam plötzlich Sturm auf. Das Schiff sprang hoch auf die sich aufbrausenden Wellen, während es herüber und hinüber schaukelte. Ich bekam es mit der Angst zu tun. Plötzlich war da ein riesiger Felsen.

»Hoffentlich kommen wir an dem vorbei, wenn wir den rammen, sind wir verloren, Herr Friedrich.«

»Das ist mir klar«, gestand ich zitternd. »Aber unter Ihrer Leitung werden das meine Männer schon schaffen, Dr. Krämer.«

Nur um Haaresbreite kamen wir davon. Von Weitem nahmen wir nur noch einen großen Stein wahr, der fast bis zum Himmel hinaufzuragen schien.

»Zwei Monate auf dem Meer, eigentlich könnten wir uns jetzt mal einen Rum gönnen, denn es ist ruhig da draußen, und wir müssen reden.« Dr. Krämer setzte sich zu mir und erzählte von seiner letzten Seefahrt.

»Herr Friedrich, Sie müssen wissen, das war noch lange nicht alles mit dem Sturm und dem Felsen. Wasser beherrscht unseren Planeten, deshalb birgt es viele Gefahren. Mehr als zwei Drittel der Erde sind von Ozeanen bedeckt. Tiefenströme befördern gewaltige Wassermassen hin und her. Und dort, wo Sie hinwollen, Herr Friedrich, ist es doppelt gefährlich. Der Pazifik ist nicht nur der größte Ozean der Erde, sondern auch der tiefste. Er beherbergt außerdem das größte Korallenriff der Welt. Sie können immer noch zurück«, fügte er hinzu.

»Nein, nein, ich bin bereit, Dr. Krämer, und neugierig, mit welcher Gewalt mir das Meer entgegentritt.«

»Sind Sie eigentlich verheiratet, Herr Friedrich?«

Ich schüttelte den Kopf. »Leider habe ich mich von meiner Verlobten getrennt, es war die Hölle mit ihr.«

»Warum war es die Hölle?«

»Diese Frau war aufgeladen mit negativen Gefühlen und Gedanken, rechthaberisch war sie, nein, ich hielt das nicht mehr aus. Ich hörte selten ein gutes Wort. Gegen alles sträubte sie sich. Und das Wort ›Nein‹ gehörte bei ihr zur Tagesordnung.«

»Da haben Sie richtig entschieden. Ich wäre erstickt in einer solchen Beziehung.«

»Und Sie, Dr. Krämer, haben Sie eine Frau?«

»Ja, mein Lieber, die muss wohl nun viele Monate auf mich warten, bis wir uns wieder in die Arme nehmen können. Sie ist eine gute Ehefrau, meine Elisabeth, und mit unseren drei Kindern, das schafft sie schon. Als ich das letzte Mal in der Südsee war, reiste sie mit. Sie sah die Schönheiten und bewunderte die Perlen der Südsee mit ihren eigenen Augen.«

»Was für Perlen, Herr Dr. Krämer?«

»Die Frauen, die den Tanz zum Träumen tanzen und eine Haut wie Seide haben. Blumenketten schmücken ihre Brüste, und ihre Füße bewegen sich wie Störche beim Liebestanz. – Genug jetzt, Herr Friedrich, stoßen wir an, auf eine gute Zusammenarbeit. Die nächste Woche übernehmen Sie. Ich muss mich wieder mal ein paar Stunden zurückziehen.«

»Schiff in Sicht!«, brüllte einer der Jungs.

Als wir uns diesem näherten, erkannten wir einen Dreimastsegler mit der Aufschrift *Seeadler*.

Es stellte sich heraus, dass das in Bremerhaven ausgelaufene Schiff schon seit Weihnachten unterwegs war. Dr. Krämer kannte den Kapitän dieses Schiffes, er hatte vor einiger Zeit mit ihm zu tun gehabt. Dieser Kapitän musste ein harter Brocken und mit allen Wassern gewaschen sein. Vierzehn Schiffe hatte er schon gekapert, und sein Schiff musste mit Kapergut und Gefangenen immer reich beladen gewesen sein.

»Gut, dass Sie sich kennen, Dr. Krämer, sonst hätte dieser Graf von Luckner uns ebenfalls als Beute gesehen.«

Das Schiff glitt an uns vorbei und verschwand nach mehreren Stunden, als wäre es nie da gewesen.

»Es kommt Wind auf, und es sieht nach Sturm aus.« Dr. Krämer ließ von unserer 21-Mann-Besatzung das ganze Schiff absichern. Er teilte schon mal die Nachtwache ein: »Macht alles dicht und bindet alles an, was lose ist, es wird eine harte, stürmische und sehr kalte Nacht. Stärkt euch, Jungs! Wir sind mitten im Atlantik und ich glaube, der Golfstrom will uns in die Enge treiben. Der Wind treibt um unser Schiff, die Wellen peitschen nach oben. Das Segel ist gerissen, passt auf, Leute!«

Die *Santa Maria* drehte sich im Kreis, als wäre sie ein Spielzeug. Stunden ging das so weiter. Wir schaukelten in dem Schiff, und wir rutschten und fielen auf dem glitschigen Deck. Emilio, den ich eben noch dort gesehen hatte, befand sich plötzlich am anderen Ende, krallte sich an einen Mast und blieb verkrampft und verängstigt dort hocken, bis der Sturm vorüber war.

Wir trieben das Schiff durch die Enge eines gespaltenen Felsens.

Geschafft, wir waren durch. Vieles an Bord musste nun erst mal repariert werden.

Vier Monate waren wir schon auf See, und unsere Vorräte wurden knapp, aber krank wurde niemand.

Ich dankte Gott, ich dankte Dr. Krämer und meiner Mannschaft. Unaufhörlich wühlten Ströme das Wasser auf.

»Wo sind wir?«, fragte ich den Marinearzt.

»Wenn ich richtig liege, müssten wir die nächsten Tage den Pazifik überqueren. Bereits jetzt zeigt das Meer seine andere Seite. Hurrikane und Seebeben sind hier keine Seltenheit, die Kraft der Wellen ist enorm. Wenn wir das überstanden haben, sind wir fast an unserem ersten Ziel.«

»Der einundzwanzigste Mann, der Schiffsjunge Emilio, hat heute Geburtstag, wir wollen ihm gratulieren und ein Ständchen singen, kommen Sie mit, Dr. Krämer?«

»Ich komme gleich nach. Alles Gute, Emilio, heute wirst du achtzehn Jahre, da müssen wir einen Rum drauf trinken.«

Emilio stand erstaunt da, und mit seinen schwarzen Haaren und den dunklen Augen zeigte er einen noch jungenhaften italienischen Charme.

Einer von der Besatzung spielte auf seiner Mundharmonika. Stunden waren wir alle lustig, bis plötzlich riesige Wale an uns vorüberzogen, fast zehn Meter ragten sie aus dem Pazifik. Ich hatte Angst, doch Dr. Krämer beruhigte mich: »Die ziehen bald vorüber, lauschen Sie diesen Meerestieren mal, sie singen ihr Lied, während die Männchen den Weibchen zur Paarung folgen.«

Kaum waren die Wale verschwunden, schob sich eine besonders riesige Welle unter unser Schiff. Wir erhoben uns und glitten kurze Zeit später mit der Welle nach unten.

»Was war das, Dr. Krämer?«

»Wahrscheinlich hat sich die Erdplatte verschoben. Die Wassermassen der Weltmeere sind dadurch ständig in Bewegung, wobei weit unter der Wasseroberfläche Tiefenströme die Wassermassen hin und her schieben. Manchmal türmen sich riesige Wellengebirge nach oben, und so manches Segelschiff fand auf dem Grund des Pazifiks seine letzte Ruhestätte.«

Die Mannschaft wurde unruhig, doch Dr. Krämer verstand es, auch mit dieser Situation umzugehen. Er beruhigte sie und ließ sich dann mehrere Stunden nicht an Deck sehen.

Fünf Monate schaukelte unser Schiff schon auf der gewaltigen Meeresoberfläche. Unsere Lebensmittel wurden allmählich knapp, und die Kälte ließ uns trotz der dicken Decken manche Nacht mit den Zähnen klappern. Die Männer waren gereizt, und wir wünschten uns nichts weiter, als an Land zu kommen.

Dr. Krämer ließ ein Netz auswerfen, das am Schiff befestigt wurde, damit es nicht in die Tiefe gezogen wurde.

Gegen Abend zogen es die Männer nach oben, und es gab eine reichliche Mahlzeit, zumal wir bisher hauptsächlich aus Büchsen gelebt hatten. Der im Pazifik lebende Rotlachs war eine abwechslungsreiche Gabe.

Die nächsten Tage herrschte Windstille. Es war gut, dass wir in dieser Zeit den Pazifik überquerten. Denn im Dezember würden verheerende Effekte auftreten, sagte Dr. Krämer, der soeben an die Oberfläche des Schiffes kam.

»Wieso?«, fragte ich ihn.

»Es findet manchmal eine plötzliche Erwärmung des Oberflächenwassers statt, die führt zu einer Abnahme des Fischbestandes über mehrere Monate. Gleichzeitig kommt es zu Starkregen über dem offenen Meer.«

Unsere mehrere Tage anhaltende Windstille ließ die Wasseroberfläche spiegelglatt erscheinen. Ich sah Möwen, doch plötzlich kräuselten sich die Wellen und eine leichte Brise zog über uns hinweg.

Es konnte nicht mehr weit sein, wie uns Dr. Krämer ankündigte, bis wir Land in Sicht hätten.

Der Wind nahm zu und presste die Luft gegen die Kräuselwellen. Es baute sich rasch ein Seegang auf, bei dem sich die Wellen bis zu mehreren Metern auftürmten. Die See bot uns noch einmal ein chaotisches Bild.

Doch wir blieben verschont, das Meer zog uns nicht nach unten.

»Land in Sicht! Mannschaft antreten!«, ließ Dr. Krämer endlich ausrufen.

Er bedankte sich bei den Männern, ebenfalls sichtlich erleichtert, dass wir es bis hierher geschafft hatten.

»Leute, wir legen nun zuerst auf Tahiti an. Haltet euch zurück. Die Menschen sind sehr schreckhaft – und vergesst nicht, was ich euch über die Perlen der Südsee erzählt habe. Dort werdet ihr die ersten sehen. Sie sind voller Güte und Schönheit und kennen keinen ausgeprägten Hass, wie er oft bei uns zu Lande vorkommt«, sagte Dr. Krämer.

Nach mehr als fünf Monaten wurden wir auf Tahiti herzlich begrüßt, und wie es dort üblich war, schmückten uns die Frauen mit ihren bunten Blütenketten. Man kannte Dr. Krämer dort, und er teilte uns mit, dass wir uns in den Sand setzen sollten, denn man wolle uns mit einem Tanz und dem Gesang der Frauen verzaubern.

Völlig erregt saßen wir nun hier am Strand von Tahiti, und jeder von uns wünschte sich in diesem Augenblick eine dieser Perlen der Südsee.

Tahiti war eine überschaubare Insel, und mit Krebsen, Schnecken und Eidechsen sowie Fisch und Kokospalmen hatte man immer Nahrung im Überfluss. Die Menschen waren gut genährt, und sie lebten in einem endlosen Paradies.

Man lud uns zu einer Hochzeitszeremonie ein, die am Abend stattfinden sollte. Somit war wohl klar, dass wir ein paar Tage hier verbringen durften.

Dr. Krämer war nicht in unserer Nähe, und ich hatte keine Ahnung, wo er sich herumdrückte.

Ich vernahm Gelächter und lauschte an einem nicht weit vom Strand erbauten Haus aus Holz und Stroh. Als ich näher kam, sah ich dort durch ein Fenster mehrere Frauen, die sich anscheinend schön machten für das Fest und die Hochzeit, die am Abend stattfinden sollte. Ich war schon gespannt, denn noch nie war ich auf einer Südsee-Trauung gewesen.

Nicht weit von dem Haus stand Dr. Krämer mit ein paar tahitischen Männern. Wunderschöne, gut aussehende, geschmückte Männer waren sie – fast beschämend, wie wir aussahen mit unseren monatelang getragenen Hosen, die einen muffigen Geruch verströmten.

»Männer«, rief Dr. Krämer, »wir werden erst mal ein Bad nehmen, Wasser gibt es genug, zieht eure Lumpen aus. Wenn ihr so weit seid, zieht die aus Stroh gefertigten Sachen an.«

Wieder kam Gelächter auf, doch es störte uns nicht, die liefen ja alle so rum.

Ein Tahitianer kam aus dem Meer, in seinen kräftigen Armen hielt er ganz hoch, sich fast brüstend, eine riesige Schildkröte. Wenige Minuten später landete das Tier in einem großen Kessel. Es gab später Schildkrötensuppe.

Ich hatte so etwas noch nie gegessen. Der Anblick war gewöhnungsbedürftig, vor allem weil wir das wunderschöne Tier zuvor noch lebend gesehen hatten. Ich hatte Mitleid mit ihm, doch hatten wir auch großen Hunger.

An meine Seite gesellte sich plötzlich eine Frau, und mir wurde heiß, was aber auch von dem selbst gebrauten Bier herrühren konnte.

Als sich nun alle versammelt hatten, kam aus der Hütte ein wunderschönes Mädchen, die schwarzen Haare flossen ihm bis über den Po. Blüten schmückten ihr Haar und ihren ganzen Körper; sogar ihre Fußgelenke waren mit Blütenketten umwickelt, als trüge es Fesseln.

Leise erklang ein Lied, das die Braut begleiten sollte auf dem Weg zu ihrem Bräutigam.

Auf der anderen Seite sah ich einen Mann, der auf die Frau zuging und sie zärtlich umarmte und küsste, und er führte sie an der Hand bis in die Hütte der versammelten Gäste.

Dr. Krämer hatte nicht übertrieben, sie waren wunderschön, diese Perlen der Südsee.

Zum Gesang tanzte nun die junge Braut ihrem Bräutigam einen Tanz. Es war der Liebestanz, den jede Frau ihrem Mann dort tanzte, einzigartig schön, um so die sexuellen Empfindungen des Mannes zu wecken. Sie stupsten sich mit den Nasen an und verschwanden dann im Gebüsch – nun waren sie Mann und Frau.

Ich spürte Sehnsucht nach Liebe in mir – wie

lange konnte ich mich noch zurückhalten?

Doch da stand Dr. Krämer auf und teilte mir und den Männern mit, dass die Frauen, die sich neben uns gesellt hatten, für diese Nacht uns gehörten, wir sollten sie lieben und achten.

Die Frau, die neben mir verweilte, berührte zärtlich meine Hand und gab mir zu verstehen, dass ich mit ihr gehen solle.

Sie sprang auf und rannte davon, und ich sah gerade noch ihre langen, schönen Haare im Gebüsch verschwinden. Ihre Hand winkte mir von dort, und mit ein paar Sprüngen hatte ich sie eingeholt.

Sie streichelte und küsste mich, und wir liebten uns, bis die ersten Sonnenstrahlen Tahiti wärmten.

Doch bei dieser einen Nacht blieb es nicht. Diese Frau fehlte mir jetzt schon, und mir wurde weh ums Herz bei dem Gedanken, wieder von hier fort zu müssen.

»Ich liebe dich, du Perle der Südsee. Wie heißt du? Mein Name ist Friedrich.«

»Ich Amy. Ich liebe dich«, gab sie mir mit ihrem süßen Akzent zu verstehen. »Ich noch einmal mit dir Liebe machen, dann du fortgehen.«

Dr. Krämer fragte mich am fünften Tag, ob wir weiterfahren wollten oder ob ich mich hier verewigen wolle.

»Ja, ja«, erwiderte ich, »es wird schon weitergehen«, und bald darauf trommelten wir alle Männer zusammen, um ihnen klarzumachen, wann wir auslaufen würden.

Ich verabschiedete mich von Amy. Sie schenkte mir noch eine Blumenkette, und alle winkten und sangen, bis wir sie nicht mehr sahen.

Wir waren längst schon wieder draußen auf dem offenen Meer, das uns schon erwartete.

»Wir machen uns auf in Richtung Samoa, Herr Friedrich. Und, hat es Ihnen gefallen, dort auf der Insel?«

»Ja, was Sie mir erzählt haben, hat sich bewahrheitet. Was ich Ihnen noch sagen wollte, Herr Dr. Krämer, die Art, Liebe zu machen, war eine andere als die, die ich von früher kannte. Dieses Mädchen begegnete mir liebevoller. Für ihre Art von Liebe konnte man sich Zeit lassen.«

Am darauffolgenden Tag waren wir wieder in einem Strudel. Auch hier gerieten wir plötzlich in einen scheinbar unberechenbaren Strom, einen Wasserwirbel, wie eine Wasserstraße mit einem Loch in der Mitte, das von hier oben aussah, als wollte es rufen: Komm hier herein, ich nehme dich mit nach unten.

Ich rang mit meiner Angst und bat Dr. Krämer, mich aufzuklären. Ich teilte ihm mit, dass ich noch nicht sterben wollte, falls das den Weg nach unten bedeutete.

»Herr Friedrich, beruhigen Sie sich, bitte. Natürlich ist man hier an einer gefährlichen Stelle, doch werden wir das schon schaffen.«

»Hat denn hier schon einmal das Meer ein Schiff mit sich gerissen, Dr. Krämer?«

»Nun ja, ich hörte schon von einem. Das Schiff war in Richtung Osterinsel unterwegs und gelangte mit der zehnköpfigen Besatzung aus England in dieses Loch. Sie wurden innerhalb von ein paar Sekunden vom Meer verschlungen. Man sagt, wenn man in so eine Meeresstraße hineingerät, wird man wie ein Stück Treibholz herumgewirbelt. Es gab auch Mannschaften, denen dies widerfahren ist und die dennoch wieder heraussegeln konnten.«

Doch unsere Männer hatten das Schiff voll im Griff, und ich beruhigte mich wieder. Wir waren außer Gefahr.

Der Abend ging mit einem Glas Rum zu Ende, und als wir früh am Morgen zum Himmel hinaufschauten, lachte uns die Sonne an. Ich suchte das Loch, das mich anscheinend hatte verschlingen wollen, doch es war nichts mehr zu sehen, denn wir waren schon ein ganzes Stück voraus.

Von Weitem sah man das seichte Wasser der türkisfarbenen Lagune. Eine wunderschöne bunte Unterwasserwelt offenbarte sich uns hier, als ich zum Baden hinaus in das warme Wasser sprang. Korallenriffe waren hier die Regenwälder des Meeres. Hier schien genügend Licht vorhanden zu sein, denn das brauchten die Riffe.

»Gehen wir hier an Land?«, fragte ich Dr. Krämer, als ich von meinem Tauchgang zurückkam.

»Ja, mein Lieber, wir sind auf Samoa. Werft den Anker, Leute!«

Schon von Weitem sahen wir die offenen Behausungen und die Kinder, die wie kleine Ameisen umhersprangen.

»Zeigt den Menschen hier genauso viel Respekt, wie sie ihn euch zeigen. Hier gibt es Kinder wie Sand am Meer. Sie werden hinter euch her springen. Und sie werden Geschenke wollen. Aber auch ihr werdet Geschenke erhalten. Also, nehmt ein paar Kleinigkeiten mit.«

Unsere Füße wateten im Sand, als wir die Insel betraten und das Rauschen der Wellen hinter uns ließen.

Meine Ohren waren schon wie betäubt von dieser irrsinnigen Fahrt ins Blaue.

Die Hütten auf Samoa waren umgeben von Blumen und Palmen, und überall wuchsen Bananenstauden. Hier schien der Garten Eden zu sein.

Dicke, kräftig gebaute Männer, die schon fast fleischig aussehen, kamen uns entgegen, während die Frauen und Kinder weiter abseits standen und auf uns warteten.

Dr. Krämer sagte, das sei hier so Sitte. »Da die Samoaner sehr für ihre Familien versuchen da zu sein. Und der, der einmal eine Frau gefunden hat, dem ist sie sehr treu. Wie man außerdem sieht, sind sie auch reichlich mit Kindern gesegnet. Hier werden die Männer die Geliebte für einen Gast aussuchen, und man sollte ihm Dank zeigen für diese Großzügigkeit.«

Die Männer begrüßten uns mit ihren fast brüllenden Stimmen, aber es klang herzlich. Wir traten näher. Dann kamen die Frauen mit ihren Blumenkränzen und Ketten, und wieder wurden wir eingeladen. Uns zu Ehren sollte ein Wildschwein geschlachtet werden. Auch hier auf Samoa gab es genug Nahrung für alle, der Wald und das Meer hielten genug bereit. Dank des ständigen Monsunregens gab es auch reichlich Wasser. Dr. Krämer führte uns herum und zeigte uns die Insel. Ich war tief beeindruckt von dieser Schönheit.

Es war bereits Abend und der knallrote Sonnenball ließ den Himmel noch einmal orangefarben nachglühen. Man zeigte uns eine nach allen Seiten offene Hütte, die unsere Behausung wurde, solange wir willkommen waren.

Am ersten Abend ließen wir es uns schmecken und fielen dann todmüde in den Schlaf. Das ungewohnte Hängebett ließ meinen Rücken schmerzen, und am Morgen kam es mir so vor, als hätte ich tagelang nicht geschlafen.

»Ruht euch ein paar Tage aus!«, rief ich den Männern zu, »ehe es die raue See wieder mit euch aufnimmt.«

Morgens reichten uns die Frauen Kokosnuss-schalen, und wir tranken das köstliche frische Kokosnusswasser.

»Alle halten fest zusammen«, sagte Dr. Krämer, »keiner muss sich allein fühlen auf Samoa. Auch hier gibt es schöne Frauen. Doch leider ist unsere kurze Zeit auf dieser Insel schon zu Ende.«

Wir holten jeder ein paar kleine Geschenke aus unseren Taschen, und der Häuptling sprach kurz mit Dr. Krämer.

»Warten Sie, Herr Friedrich, warten Sie noch einen Moment.«

Die Sprache auf Samoa ist teils Englisch, teils Samoaisch. So konnte ich ein klein wenig verstehen, doch auch mein Englisch hielt sich in Grenzen.

Der Häuptling schickte zwei seiner Männer zum Tauchen. Er wolle uns auch ein Geschenk machen, sagte er.

Kurz darauf kamen die beiden zurück und brachten einige Muscheln, die sie vor unseren Augen öffneten. Wunderschöne Perlen bekamen wir mit, die mir später noch sehr nützlich sein würden.

Wir bedankten uns und gingen zum Schiff zurück, und gleich waren wir schon wieder auf hoher See in Richtung Hawaii.

»Hier verbrachte ich die längste Zeit«, erzählte mir Dr. Krämer. »Die Menschen dort waren an ihrer Haut erkrankt, und selbst die einheimischen, alten Hawaiianer kannten kein Heilmittel dagegen. So blieb ich mehrere Monate, um herauszufinden, woran sie erkrankt waren.«

Dr. Krämer verstummte und blickte gedankenvoll aufs Meer hinaus.

»Bitte, erzählen Sie weiter«, drängte ich gespannt.

»Nun, die Nahrung dieser Menschen war zunächst bescheiden, man aß alle Früchte und Beeren, die sie in ihrem Garten Eden fanden. Doch eines Tages kam einer ihrer im Dorf lebenden Männer aus dem Inneren des Waldes und wollte einen selbst hergestellten spitzen, langen Pfeil ausprobieren. Leider verletzte er das wilde Schwein tödlich. Er schleppte es nach Hause und garte es in heißen Steinen. Von nun an machte man sich fast jeden Tag auf in den Wald.

Von da an veränderte sich allmählich die Hautoberfläche vieler Menschen, zurückzuführen, wie ich später feststellte, auf den Verzehr zu vieler Tiere. Ich brauchte lange, bis ich mit meiner Predigt an die Menschen herankam. Und wahrlich, die schönen Frauen, die Perlen von Hawaii, sie hatten verstanden.«

»Das heißt nun, Dr. Krämer?«

»Nun, mein Lieber, damit wollte ich sagen, dass man eigentlich keine Tiere essen sollte. Jeder Mensch reagiert anders auf den Verzehr von Fleisch; bei dem einen ist es die Haut, die Schaden nimmt, bei dem anderen sind es die inneren Organe. Man muss sich gründlich überlegen, wie viel Leid man den Tieren und sich selbst antut. Vergessen Sie niemals, dass uns die Früchte dieser Erde nähren könnten und wir kein Tier essen müssten.«

Wir waren bereits wieder ein paar Tage auf See, als uns eine riesige Monsterwelle vorauslag. Alle gingen unter Deck und ließen der Welle ihren Lauf.

Sie hatte uns nicht gefragt. In wenigen Minuten würde sie sich über uns beugen und die *Santa Maria* nach unten pressen.

Dieses Geschehen war schon eine ganze Weile her, und wir waren noch am Leben. Ich fragte mich: Sind wir noch dort, wo wir den Himmel sehen können, oder begegne ich gleich ein paar Walen auf dem Grund? Ich schob die Luke nach oben und erblickte den Himmel, aber das Schiff war voller Wasser.

Ich rief die gesamte Mannschaft zum Wasserschöpfen zusammen. Dr. Krämer nahm einen Eimer und half mit.

Wir schöpften bis zum Abend. Alle waren müde, durchgefroren und hungrig, sodass ich der gesamten Mannschaft bis zum nächsten Ereignis frei gab.

Ich verteilte trockene Decken. Wie gut, dass ich vor der Reise so viele besorgt hatte! Sie stillten ihren Hunger, und jeder Einzelne von ihnen hatte sich ein Glas Rum zum Aufwärmen verdient.

»Danke, Männer, für euren Einsatz, danke, Dr. Krämer.«

Trotz rauer See und vielen Ereignissen war bis jetzt noch keiner der Schiffsbesatzung erkrankt.

Doch kaum hatten wir an diesem Tag die Monsterwelle überlebt, stellten sich neue Unwetter ein. Am darauf folgenden Tag waren dunkle, fast schwarze Wolken am Horizont aufgezogen. Es sah aus, als wollte die Welt untergehen. Daraufhin begann es fürchterlich zu regnen, Donner und Blitzschläge folgten. Das Schiff tanzte in dem aufgewühlten Meer wie ein Spielzeug. Ich dachte an alle Menschen, die ich kannte, an die Frauen von Tahiti, die schönen Perlen der Südsee. Ich fieberte und konnte keinen Schritt mehr gehen.

Stark verschwommen sah ich vor mir Emilio. Ich machte ihm mit ein paar stotternden Worten klar, dass er doch bitte Dr. Krämer holen solle.

Ich musste tagelang im Fieber gelegen haben, als mich der Doktor rief.

»Herr Friedrich, geht es denn wieder? Schauen Sie mich an.«

»Wo bin ich, bin ich etwa im Himmel?«

»Nein, noch nicht. Aber Sie waren sehr krank

und hatten hohes Fieber und Schüttelfrost. Nehmen Sie die nächsten Tage viele Zitrusfrüchte zu sich, und trinken Sie Wasser und Tee.«

»Wo sind wir, Sir?«, fragte ich den Doktor.

»Kurz vor Hawaii. Kommen Sie, Herr Friedrich, ich helfe Ihnen nach oben, die warmen Sonnenstrahlen werden Ihnen gut tun. Bevor Sie nämlich nicht gesund sind, können Sie nicht auf die Insel.«

Am anderen Morgen sahen wir dort Hawaii, die letzte Südseeinsel, die ich auf meiner Reise sehen würde. Das Schiff ankerte in der Nähe einer Bucht, von der wir bequem auf die Insel gelangten.

Weißer, warmer Sand rieselte über unsere Füße. Mir ging es wieder gut und die nächsten Tage würden mir sagen, wie es weiterging. Bunte Stoffröckchen schmückten die Leiber der wunderschönen Frauen von Hawaii. Die Haare, die sie offen trugen, waren mit Blumen und Blättergirlanden verziert. Traumhaft schön.

Schon von Weitem nahmen wir sie wahr. Man hörte die hawaiianischen Lieder, die uns schon wieder träumen ließen, denn sie erzählten von Liebe und Sehnsucht.

Hier umschwärmten uns die Frauen, und man konnte gar nicht widerstehen.

»Dr. Krämer, wie halten Sie das aus, so ohne Frau, da Sie Ihrer ja offenbar treu waren auf dieser

Reise?«

»Lieber Herr Friedrich, ich habe schon viele Orte bereist. Wenn ich mir überall eine andere gesucht hätte, und Gelegenheiten gab es ja nun wirklich genug, dann könnte ich bestimmt eines Tages nicht mehr heimkehren. Ich liebe meine Frau, wie auch meine Kinder. Dennoch nehme ich mir das Recht im Leben, die Perlen der Südsee mit meinen Augen zu bewundern. Ich habe sie nie berührt. Wenn ich heimkehre, stille ich meine Sehnsucht nach Liebe bei meiner Frau.«

»Ich bewundere Sie, Sir. Auch denke ich oft an Amy, Dr. Krämer. Sie hat mir ein klein bisschen von ihrem Paradies mitgegeben.«

Dieser Tag ging langsam dem Ende entgegen. In einer ihrer Hütten schliefen wir ein, und am frühen Morgen des kommenden Tages erhob sich der Sonnenball scheinbar hinter dem Meer, als würde jemand die Sonne langsam nach oben schieben.

Dann nahm ich erst einmal ein Bad in dem Nass von Hawaii. Plötzlich bemerkte ich, dass mich, nicht weit von hier, hinter einer Palme jemand beobachtete. Lange schwarze Haare hingen über der Baumrinde, und so schloss ich, dass es eine Frau sein musste, da alle Männer, die ich hier sah, das Haar kurz trugen.

Ich schaute lange hinüber zu der Palme, und sie kam weder hervor, noch lief sie weg. Wahrscheinlich musterte diese Frau mich ganz genau.

Am anderen Morgen wiederholte sich das Schauspiel.

Ich lief, nackt, wie ich war, zu der Palme, denn hätte ich erst noch was drübergezogen, wäre zu viel Zeit verstrichen und womöglich wäre sie weggelaufen.

Sie blieb dort stehen. Wahrscheinlich machte es ihr Spaß, auf mich zu warten. Die Frau war nur mit einem Stück Stoff umwickelt, und sie betrachtete mich liebevoll mit einem Lächeln auf ihren wundervollen Lippen.

Sie gab mir einen Kuss, wobei ich sie, meine Arme um sie schlingend, zart berührte.

Ich konnte nicht widerstehen, und da niemand in der Nähe war, glitt ich sanft zwischen ihre Schenkel. Ein Gefühl von Wärme und unendlicher Liebe überkam mich.

Ich erlebte eine tiefe Entspannung, während wir uns immer wieder küssten. Sie legte sich auf meinen vor Kurzem noch kranken Körper, und ich spürte Heilung, als ich in sie hineinging. Noch nie zuvor hatte ich so bewusst und doch so intensiv geliebt.

Dr. Krämer rief schon nach mir, als ich soeben meine Kleidung anzog. Was würde er dazu sagen, dass ich mich mit einer Hawaiianerin getroffen hatte?

Heute wollte er mir etwas von Hawaii zeigen

und über die Besonderheiten dieser Insel sprechen. Wir liefen auf eine höher gelegene Stelle.

»Herr Friedrich, schauen Sie hinunter auf das
riesige Meer, dort, wo die Wellen hinaufschlagen
und aussehen, als würden sie sich zu einer Höhle
formen. Manche Männer von Hawaii sind sehr
wagemutig und gehen mit ihren selbst gebastel-
ten Brettern hinein, als würden sie auf den Wellen reiten. Diese Menschen leben nun mal mit
dem Meer, und ich denke, sie sind glücklich so.

Die meisten dieser Vulkane und Koralleninseln
sind bewohnt, und schon 500 nach Chris-
tus wurden diese von spanischen Seefahrern entdeckt. Der englische Weltumsegler James Cook
bereiste 1778 ebenfalls diese Insel. Übrigens, man
betreibt hier auch Landwirtschaft und speziali-
siert sich hauptsächlich auf Zuckerrohr.

Herr Friedrich, horchen Sie mal, hören Sie
diese Gesänge? Es gibt eine enorme Fläche an
Riesenfarnwäldern, wie Sie sehen können, in dem
sich eine wunderschöne tropische Vogelwelt ent-
faltet. Ist dieses Paradies, das die Einheimischen
hier ihr Königreich nennen, nicht lebenswert?«

»So ist es, Herr Doktor.«

»Heute Abend wird es uns zu Ehren ein Fest
geben. Ein Hawaiianer wird auf seiner Ukulele
spielen, und die Frauen werden ihren Tanz zeigen. Herr Friedrich, wie gefallen Ihnen hier auf
dieser Insel die Perlen?«

»Sie sind wunderschön. Ich muss ehrlich sein, ich habe mich auch hier verliebt. Wie sie heißt, weiß ich leider noch nicht.«

»Passen Sie gut auf, Herr Friedrich. Hier zu Lande sind Sie manchmal gleich verheiratet, ohne dass Sie es bemerken. Ich sehe gerade Emilio, unseren Jüngling. Er flirtet mit den Mädchen. Nun ja, ich denke, das ist nicht so schlimm.«

Sie hieß Malia. Denn bereits am Abend sah ich sie wieder. Im Licht der Dämmerung kam sie mir vor wie eine Schönheit, und bei einem hawaiianischen Tanz, bei dem sie mich an die Hand nahm, um in einen Liebesrausch überzugehen, sagte sie mir ihren Namen.

Ihre nackten Brüste, mit Blumen umschlungen, berührten mich, wobei sie ihre Hüften in kreisenden Bewegungen hin und her schob. Sie reizte meine inneren Mannesgefühle, und bald zog sie mich in den verführerischen Wald von Hawaii.

Die Luft roch nach Liebe, als ich ihre zart gebräunte Haut streichelte. Malia stupste ihre Nase an meine an.

Dann drang ich ein in ihre Liebeshöhle, und wir ließen es geschehen. Dabei hatte ich ein Gefühl, das mich durchdrang wie ein Strom. Bereits hier wurde mir bewusst, dass ich noch nie so verliebt gewesen war. Wir blieben noch lange liegen, während wir uns immer wieder streichelten und sie mich küsste. Dabei fielen ihre langen Haare über mich und kitzelten mich.

Dann erhoben wir uns, hielten uns an den Händen und liefen zum Meer.

Am Morgen kam Dr. Krämer zu mir und fragte, wie lange ich wohl denken würde, auf Hawaii zu verbringen?

»Ich würde am liebsten für immer hier bleiben, denn ich liebe Malia.«

»Überlegen Sie sich das gut, Herr Friedrich, denn es kann auch eine Täuschung im Paradies sein. Hat denn Malia Sie schon mit ihrer Nase angestupst?«

»Ja, woher wissen Sie das, Sir?«

»Das ist hier so üblich, wenn man sich liebt, denn nach hawaiianischem Brauch wären Sie nun verheiratet.«

Ich war sehr nachdenklich, denn was wäre, wenn ich doch zurück nach Hause wollte? Andererseits, wer wartete schon auf mich, dort in der anderen Welt?

Ich verbrachte diese Nacht alleine, denn ich musste nachdenken – ich musste mich entscheiden. Dr. Krämer konnte ich nicht mehr lange hinhalten. Er hatte Familie und wollte sicher bald nach Hause zu seiner Frau.

Acht Monate waren bereits vergangen, als wir am Hafen aufbrachen. Es würde weitere Monate dauern, bis wir wieder in der Heimat anlegten.

Mich durchdrangen diese Gedanken an die stürmische See mit ihren Tücken, und ich bekam es erneut mit der Angst zu tun.

Am Morgen darauf ging ich schon sehr früh hinunter ans Meer, als ich plötzlich ein Segelschiff erblickte. Wer legte da an? Ich lief sofort zurück, und berichtete Dr. Krämer, was ich gesehen hatte.

Es war der Dreimastsegler, der uns schon begegnet war, und zwar unter der Obhut von Graf Luckner. Sie kamen mit fünf Mann an Land, und der Kapitän des *Seeadler* unterhielt sich nach der Ankunft lange mit Dr. Krämer.

Als wir am Abend am Strand saßen und ich Malia neben mir sah, stellte mich Dr. Krämer vor vollendete Tatsachen.

»Herr Friedrich, Sie müssen sich heute Abend überlegen, ob Sie mit mir zurückkehren. Sollten Sie sich entscheiden, bei Malia zu bleiben, werde ich morgen bei Sonnenaufgang mit Graf Luckner aufbrechen.«

Die Entscheidung fiel mir nicht leicht. Aber zuerst musste ich es Malia begreiflich machen. Sie würde es kaum verstehen, dachte ich.

»Malia, ich liebe dich über alles, doch ich muss zunächst zurück nach Hause, verstehst du? Ich muss einige Angelegenheiten klären und komme dann zurück zu dir.«

»Ja, ich verstehe, ich warte, ich liebe dich

auch«, sagte sie leise.

Ich rief noch am späten Abend alle Männer meiner Mannschaft zusammen und entschied mich, mit Dr. Krämer und meiner *Santa Maria* zurückzusegeln.

In der frühen Morgenstunde spürte ich noch einmal Malias Liebe. Dann verabschiedete ich mich von ihr.

Sie weinte nicht, und so fiel es mir leichter, als ich zum Schiff ging.

Dr. Krämer war erfreut, als er vernahm, dass er mit mir die Heimreise antreten würde, denn so angenehm wäre es nicht gewesen, mit dem Grafen auf See zu sein, wo er doch ständig noch andere Schiffe kaperte. In diese Dinge wollte er nicht unnötig verwickelt werden.

Weit draußen hörten wir noch die Klänge der Ukulele, die Hawaii uns mit auf die Reise gab.

Weitere Monate waren wir auf dem stürmischen Ozean unterwegs, bevor wir 1827 endlich im Hafen von Hamburg einliefen. Vorräte und Geld waren dem Ende zugegangen, deshalb schuldete ich Dr. Krämer etwas. Mit großem Bedauern verkaufte ich die Perlen, die wir als Geschenk bekommen hatten.

Doch noch schöner waren die Perlen der Südsee, diese Frauen, die ich lieben durfte. Unentwegt dachte ich an Malia.

Dr. Krämer gab ich das Geld, das ich ihm noch schuldete, denn der Verkauf der Perlen brachte viel ein. Ich bedankte mich innigst bei ihm, vor allem für seine Freundschaft, und verabschiedete ihn, damit er endlich zu seiner Familie nach Hause konnte.

Ich hatte viele Erfahrungen gemacht auf meinem Abenteuer. Meine Mannschaft hatte gute Arbeit geleistet und alle bekamen von mir Dank und Lohn.

Doch bereits nach kurzer Zeit fehlte mir die Liebe meiner Malia. Alle Männer waren bereit, noch einmal denselben Weg mit mir hinaus aufs Meer zu fahren. Die *Santa Maria* war noch gut intakt, und diesmal wagte ich es ohne Dr. Krämer, den wilden Ozean zu bezwingen.

Ohne Zwischenfälle erreichten wir nach Monaten wieder Hawaii. Als wir auf die Insel zum Strand schauten, stand dort Malia.

Sie war um den Bauch herum dicker geworden, und als sie mich zärtlich begrüßte, flüsterte sie mir ins Ohr, dass sie ein Baby von mir erwarte. Ich war nicht überrascht, nachdem wir uns so intensiv geliebt hatten, damals, und Freude machte sich in mir breit.

Ich freute mich wirklich sehr, so wie es ein zukünftiger Vater es nur tun kann. In Kürze würde Malia unser Baby zur Welt bringen. Ein neues, kleines Wesen, von mir gezeugt, würde bald den

Himmel von Hawaii sehen. Ich war einfach nur glücklich.

»Danke, du schöne Frau der Südsee!«

Als es schließlich so weit war, durfte ich dabei sein. Malia gebar uns einen Sohn, meinen Sohn, ich war Vater.

»Herr Friedrich, herzlichen Glückwunsch, Sie können nun Malia offiziell heiraten und ein Fest geben. Seien Sie ihr ein guter Mann«, sagte der Älteste zu mir.

Ich entschied mich, auf der Insel zu bleiben. Beim nächsten Eintreffen eines anderen Schiffes könnten die Männer, die zurück in ihre Heimat wollten, heimkehren.

Ich war sehr glücklich mit meiner Frau hier auf Hawaii. Viele Jahre vergingen. Ich lernte ihre Bräuche, aber vor allem lernte ich, ein guter Vater zu sein, denn Malia gebar mir noch fünf weitere Kinder, alles Mädchen.

Als sie so heranwuchsen, waren meine Töchter die schönsten Perlen der Südsee. Meinem Sohn brachte ich auf der *Santa Maria* vieles bei, damit er genauso wie ich einmal hinaus aufs Meer segeln konnte.

Dr. Krämer sah ich nie wieder, wie so viele andere nicht mehr. In meinem Herzen blieb er immer mit mir verbunden. Ich verdankte ihm so viel.

Von Weltumseglern erfuhr ich, als ich selbst schon ein alter Mann war, dass er 1941 gestorben sei.

Ich werde diesen für mich so besonderen Menschen bestimmt wiedersehen – dann, wenn ich ebenfalls hinübergleite in das Dunkel meines Paradieses. Ganz bestimmt.

Anna Carenina

Man schrieb das Jahr 1899, und es war Dezember. Der Winter war hart, und eisige Kälte fegte über das Meer bis hinüber in den kleinen Ort. Weihnachten war nun vorüber in England. Das neue Jahr kündigte sich mit freudigem Stimmungswechsel an.

Anna Carenina lernte Albert bei einem Fest kennen. Freunde und Bekannte waren anwesend und schnell war das Jahr 1900 herbeigeeilt. Anna, so nannte er später seine Frau, bekam ihren ersten Kuss von Albert.

Es war ein schöner Neujahrstag. Draußen schmiegten sich die Eisblumen aneinander, die wie Sterne glitzerten. Albert wollte Anna unbedingt wiedersehen.

Sie waren sich Tage zuvor schon einmal über den Weg gelaufen, als Anna gerade beim Schlittschuhlaufen war. Er gefiel ihr sofort, und mit seiner Reife und Erfahrenheit wirkte er auf sie sehr fürsorglich. Albert war zu dieser Zeit ein erfolgreicher Mann und Unternehmer, der aus aller Herren Länder Kaffee und Tee nach England brachte. Er lud Anna in diesem neuen Jahr in sein kleines, aber nettes Haus ein.

Albert plante bereits die Hochzeit, als er Anna eines Tages einen Antrag machte. Schon im Mai 1900 trug sie ein wunderschönes Brautkleid aus reiner, edler Seide. Albert hatte diese Stoffe einmal aus fernen Ländern mitgebracht. Als Anna sich ihm näherte, legte er ihr eine weiße Perlenkette um den Hals.

Anna Carenina war zu dieser Zeit fünfundzwanzig Jahre, doch Albert war nicht gerade der Jüngste. Mit fünfundvierzig war er schon weit herumgekommen und hatte bereits viele Länder bereist. Oft war er wochenlang unterwegs, doch das sollte sich nun ändern. Pläne wurden gemacht, da Albert gerne Kinder hätte.

Anna war eine wunderschöne Frau, klein und zierlich, fast mädchenhaft. Sie hatte eine reiche Tante und Anna Carenina war ihre einzige Erbin.

Wochen später zogen Albert und Anna in das große, an ein Schloss erinnernde Haus zur Tante. Sie war russischer Abstammung und hatte zu ihrer Zeit einen reichen Engländer geheiratet, der eine Schnapsbrennerei in London besaß. Als dieser verstarb, hinterließ er ihr ein Vermögen.

Albert war lieb wie ein Vater zu Anna, doch immer mehr zog er sich zurück, was seine Pflichten als Ehemann betraf. Anna Carenina wollte jedoch Liebe – und keinen zweiten Vater.

Abend für Abend erzählte Albert über seine Erlebnisse auf den offenen Meeren und aus den geheimnisvollen Ländern dieser Erde.

»Man kann etwa fünfzig Anbaugebiete in Amerika, Afrika und Asien zählen, und über alle Ozeane segelten die Schiffe mit mir, was nicht immer ungefährlich war. Obwohl Tee das Lieblingsgetränk der Engländer ist, eröffnete man viele Kaffeehäuser hier und in ganz Europa, wobei es wahrscheinlich das erste schon 1652 in London gegeben haben muss«, erzählte Albert seiner Anna.

Monate später herrschte Verwirrung im Haus. Anna Carenina hatte in Erfahrung gebracht, dass ihr Mann ein Verhältnis mit dem Zimmermädchen hatte. Nun wusste sie auch, warum es zwischen ihr und Albert eine andere Liebe war.

Dem sollte er sich nun stellen.

Anna lief leise die Treppe hinauf und erreichte die Tür, die nur leicht angelehnt war. Natürlich wurde sie schon erwartet. Von drinnen lauschte Albert seiner sich nähernden Frau. Alle Fenster im Raum waren weit geöffnet an jenem Abend.

In ihrem Blick, den sie auf ihn richtete, malten sich Erwartung und Sehnsucht – Gefühle, die er ihr schon lange nicht mehr erfüllt hatte. Wie zwei Fremde standen sie sich plötzlich gegenüber.

Anna Carenina schrie ihren Mann an, und sogleich ging er mit langen Schritten auf sie zu. Doch er durfte sie nicht anrühren.

Die Hände auf den Rücken gepresst, ging Albert im Zimmer auf und ab. Dann sprach Anna in einem lauten, angreifenden Ton von seiner Untreue.

Albert gab alles zu, und er sprach sogar von mehreren Monaten, die er sein Verhältnis mit Monique schon aufrecht hielt.

Anna Carenina fragte ihren Mann nach langem Zögern, ob seine Liebe zu ihr erloschen sei.

Er sagte, dass er sie auch noch liebe, doch sei diese Liebe irgendwie anders. Albert glaubte sie beschützen zu müssen wie ein Vater.

Tage später drohte Anna bald zu ersticken in der Nähe ihres Mannes, denn die Beziehung zu dem Zimmermädchen hatte er nicht abgebrochen, und das, obwohl es schon längst entlassen worden war. Er besuchte die andere Frau fast jeden Tag.

Eines Tages ging Anna wieder zum Arbeitszimmer ihres Mannes, und als sie diesmal zu ihm eintrat, um ihm mitzuteilen, dass er für immer aus ihrem Leben verschwinden solle, stand er plötzlich vor ihr wie ein Greis, den Rücken gekrümmt und mit vor Schmerzen weit nach vorne gerecktem Kopf. Nur fünf Jahre nach der Trauung war er gealtert, als hätte er seine Strafe bekommen.

Anna hatte gar nicht bemerkt, wie krank ihr Mann war. Der Krebs hatte sich schon ausgebreitet in dem einst so kraftvollem Körper.

Albert spürte jede einzelne der Stufen, die ihn zwangen, die Füße zu heben, als er endlich, wahrscheinlich ein letztes Mal, zu Anna hinunterging. Wie benebelt lief er durch das Dunkel der Nacht, um ihr zu sagen, dass er sie von ganzem Herzen liebe und dass sie ihm verzeihen möge.

»Doch müssen wir einander loslassen – dann entsteht Friede. Loslassen ist die absolute Freiheit, die ich dir nun schenke. Es ist doch alles nur geliehen, Anna – nur die Wahrheit bleibt. Sie ist das Einzige, was alle Zeit überdauert«, sprach er zu seiner Frau.

Die nächsten Tage darauf konnte man seinen äußeren und inneren Verfall beobachten. Ein Todesschatten lag über Albert, während man das matte Erlöschen seines Körpers wahrnahm.

Albert ging hinüber in ein geheimnisvolles Reich. Er hatte jedoch nie die Sinnlosigkeit seines Fremdgehens erkannt.

Noch im Leichenhaus kam es Anna so vor, als wäre alles nur Täuschung, eine Verwechslung, als wäre alles ein Traum und Irrtum gewesen.

Albert hinterließ Anna Carenina sehr viel, doch Kinder und eine Liebe, wie sie bei Mann und Frau normal gewesen wäre, hatte sie nicht bekommen, das spürte sie jetzt erst recht.

Nach Monaten ließ ihre Trauer nach und Anna ging endlich wieder hinaus. Der Frühling war eingetroffen und schickte seine warmen Sonnenstrahlen. Das Meer öffnete sich wieder langsam und Sehnsucht machte sich in Anna Carenina breit. Sie musste an das Wort ›frei‹ denken, das ihr Mann einmal erwähnt hatte.

Sie ging die Straße hinunter und entdeckte ziemlich am Ende der Gasse einen kleinen Laden. Sie stand wie erstarrt davor, als sie hinter dem kleinen Schaufenster einen jungen Mann erblickte. Er schien um die dreißig zu sein, hatte eine nette Ausstrahlung und eine hochgewachsene, sehr männliche Statur.

Wie gut er doch aussah! Ja, er sieht wirklich gut aus, dachte Anna Carenina. Er kam heraus und fragte, ob er ihr helfen könne.

Anna Carenina errötete, als sie nach oben schaute, und erst jetzt bemerkte sie ein Gefühl, das sie so zuvor noch nicht gekannt hatte. Albert hatte recht gehabt, seine Liebe war doch eher väterlich gewesen.

Sie bedankte sich und lief weiter.

Am Abend ging ihr dieser Mann nicht mehr aus dem Kopf.

Der Laden spiegelte etwas Englisches wider, war jedoch in seiner Zeit stehen geblieben, stellte Anna Carenina am nächsten Tag fest. Vielleicht hatte er ihn von seinen Eltern übernommen und war zu sehr in Altem, Vergangenem verwurzelt.

Anna fiel auf, dass kaum jemand hineinging, deshalb ergab sich bald ein Gespräch zwischen den beiden, nachdem sie eingetreten war.

Der Frühling hatte sich nun voll eingestellt und bot jeden Tag ein wunderbares Schauspiel der Natur dar. Es stellte sich heraus, dass Tom, der Ladenbesitzer, ebenfalls frei war, das machte alles viel leichter. Er hatte tatsächlich eine Erbschaft gemacht, und zu dieser gehörte auch der Lebensmittelladen.

Anna Carenina verabredete sich für einen ersten Abend mit ihm, dem noch weitere folgten.

Die Tante hatte einmal zu ihr gesagt: »Anna Carenina, du kannst tausend Schritte nicht gehen, ohne den ersten gegangen zu sein.«

Diesen ersten Schritt in ein neues Leben wollte sie nun gehen. Ein starker Regenguss eröffnete den Abend.

Tom lief geschwind auf ein Haus zu. Der Garten hatte etwas Märchenhaftes, und das ließ Anna Carenina aufatmen, als sie ihm folgte.

Tom brachte sie hinein, als beide schon durchnässt waren. Es war das Zuhause, in dem er aufgewachsen war.

Er reichte ihr ein Handtuch und einen Überzieh-Mantel, damit sie sich nicht erkältete, und sie zog sich die nassen Kleider vom Körper. Sie blinzelte zur Seite, um zu sehen, ob er sie wohl beobachtete. Als sie völlig nackt da stand, half er ihr in das Kleidungsstück. Seine Hände berührten liebevoll ihren Körper.

Das Haus lag nicht weit vom Meer, und man hörte das Rauschen der Brandung. Ihre Lippen auf seinem Mund zwangen Tom, seinen Satz zu unterbrechen, in dem er von Liebe sprach. Sie konnte sich einfach nicht mehr zurückhalten.

Tom und Anna Carenina waren wie wild und hungrig nach allem. Sie ließ den Mantel hinuntergleiten. Das warme Feuer im Ofen wärmte ihren Körper.

Tom zog sich aus und strich ihr über die Brüste. Sie legte sich auf den mit Teppichen ausgelegten Fußboden und öffnete ihm verspielt ihre Schenkel. Als sie sich dann auf ihn legte und wie wild auf ihm ritt, umklammerte er ihre Hüften. Anna Carenina schien es, als würde er ihr Herz berühren, so tief war er in sie eingedrungen.

Anna Carenina gab Tom zu verstehen, dass sie noch nie zuvor so wild geliebt hatte. Er starrte sie an und fragte, wie das komme, schließlich sei sie doch verheiratet gewesen. So erzählte sie ihre Geschichte.

»Und mit dieser Ehe zerbröckelten meine Träume, Tom, doch vergab ich ihm, damit ich loslassen konnte.«

Am darauf folgenden Tag, es war ein Sonntag, zeigten sich Sonne und Regen und es erschien ein Regenbogen. Anna Carenina sagte: »Tom, ich liebe dich wie die wärmenden Strahlen, die mich bescheinen, wie die Tropfen, die unendlich vielen, die herniederfallen. Und noch nie zuvor – das weiß ich jetzt – habe ich so empfunden.«

Sie durchlebten gemeinsam die Jahreszeiten und liebten sich. Sie erzählte Tom von einem Traum.

»Ich sah festlich bemalte Gestalten wild schreiend tanzen. Menschen wie wir und doch in einer ganz anderen Welt. Wir zogen unsere Kleider aus – du und ich, Tom – und lagen eng umschlungen unter der Sternendecke. Ich wollte mehr, doch dann wachte ich auf.«

Er küsste sie, und der Duft von Liebe lag in der Luft. Unter ihrem nackten Körper rieselte der warme Sand, der tiefer sank, als beide übereinander lagen.

Tom sagte: »Ich liebe dich, mein kleines Mädchen, du wunderbare Frau.«

»Noch ist es Sommer, doch wo werden wir sein, Tom, wenn die Nächte wieder kalt und die Straßen leer sind?«, fragte sie ihn.

»Dann werde ich immer noch bei dir sein«,

flüsterte Tom, während er den Duft ihrer Haare aufnahm.

Dunkle Wolken zeigten ein Gewitter an, dann plötzlich ein Windstoß, der alles nach oben wirbelte. Schnell eilten sie zum Haus zurück und verweilten noch einen Augenblick im Garten. Tom liebte die Blütenpracht in diesem Garten, vor allem die herrlichen Rosen, die seine Mutter einst gepflanzt hatte.

Tom war ein wunderbarer Mann und Liebhaber.

Die Tante war schon in ihr Reich der Träume und für immer in den russischen Himmel zu der einst so großen Familie gegangen. Anna Carenina verkaufte allen Besitz und ihre Erbstücke und ging zu Tom. Der Laden wurde hergerichtet und hatte nun ein modernes, sich der Zeit anpassendes Ambiente, und dieser neue, besondere Reiz zog die Kunden förmlich an.

Anna Careninas Wünsche und Träume verwirklichten sich. Tom liebte seine Frau über alles, und sie gebar ihm zwei Söhne.

Monique, die einstige Geliebte ihres ersten Mannes, sah sie nie wieder, und Albert schaute vom Himmel aus über England.

Die zwei verliebten Menschen, Anna Carenina und ihr Tom mit ihren Kindern, waren nicht nur reich, sondern auch glücklich.

Ich werde dich finden

Wie ein Adlernest liegt das kleine Dorf hoch oben über dem Meer. Es ist Frühling und nun beginnt die smaragdgrüne Jahreszeit. Beide wärmen sich in der Helligkeit der Sonne.

Edwin liebt ihren Duft und kennt den Seelenwunsch, den Cosma in sich trägt – geliebt zu werden. Er folgt ihr und vereint seine Gedanken mit ihren.

Sie fühlen etwas, das weder er noch sie kontrollieren kann. Das ist kein Abenteuer, ist es vielleicht sogar Liebe? Edwin streckt seine Hand nach ihrem Gesicht aus und flüstert zärtlich, dass er sie liebt.

Cosma hört endlich auf, Fragen zu stellen, denn sie zweifelt nicht mehr, weil all das geschieht, um noch mehr zu lieben. In allem findet sie den Sinn des Lebens. Ihr wird klar, wer sie ist und was sie möchte.

Cosma, ein altgriechischer Name, der viel Ordnung verspricht.

Sie fühlen sich hier in Kreta zu Hause angekommen. Die Bergwelt zeigt eine artenreiche Natur, mit der Cosma viel anzufangen weiß. Thymian, Salbei, die Bergminze und Oregano sind weit verbreitet. Aber auch die kalabrische Kiefer, Zypressen, Eichen, der Johannisbrotbaum sowie die kretische Dattelpalme sieht man häufig.

Es gibt viele dieser Adlerneste, auch Klöster kann man steil dort oben erblicken. Unten spiegelt sich der Fels im Meer.

Die Griechen sind ein uraltes Volk. Selbst die neuen, jungen Griechen zeigen immer noch Tugenden wie vom Anfang der Blütezeit. Energie und Frische sind in alle Himmelsrichtungen verstreut.

Ein Grieche steht aufrecht und betet zu seinem Gott. Nicht sitzend oder kniend, nein, von Angesicht zu Angesicht spricht er wie aus einer weit zurückliegenden Zeit.

Es ist spät am Abend, und der Sternenhimmel von Millionen von glitzernden Punkten steht über dem Meer. Edwin und Cosma atmen die kräutergeschwängerte Luft. Wie zwei junge Küken sitzen sie auf dem Adlernest im Schutze der Nacht. Dort oben spüren sie die Freiheit, weit abseits der Stadt und den anliegenden Orten mit ihrem Straßenlärm.

Cosma hat sich ein Blumenparadies mit wunderschönen Pfingstrosen angelegt. Die Pfingstrose war einst schon die Lieblingsblume von Pailon gewesen. Er galt selbst als Heiler. Man glaubte, die Pflanzen könnten durch den Einfluss des Mondes Krankheiten heilen. Die Liste der Heilwirkungen, die ihr die Heiler im Mittelalter zusprachen, ist lang. Man nutzte die Blüten wie auch die Wurzeln dieser wunderschönen Blume.

Cosma möchte ihre Erfahrungen und ihr Wissen weitergeben. Eine ganze Weile beschäftigt sie sich schon mit der Herkunft, dem Anbau und der Heilkraft.

Griechenland ist Berg und Meer zugleich. Zu den traditionellen Früchten gehören Orangen, Zitronen, Trauben, Pampelmusen und Melonen. Hier werden auch einige der herausragendsten Oliven angebaut und zu Öl weiterverarbeitet.

Griechenland gilt als die Wiege Europas, und die Menschen sind bekannt für ihre Philosophen und Schriftsteller.

Edmund möchte sich dem Anbau von Oliven widmen und das beste Öl daraus gewinnen.

Trotz der innigen Liebe, die Edwin und Cosma erfahren, gibt es noch etwas aus einer weiter zurückliegenden Zeit – einen Mann, der sie, Cosma, geliebt hat. Doch ihre Liebe zu Adnos hielt sich in Grenzen. Er war älter, reifer und hatte schon viele Frauen vor Cosma, und er hätte fast ihr Vater sein können.

Diese Liebelei festigte sich damals nicht. Immer wieder bekam sie von Freunden zu hören, dass Adnos es nicht lassen könne, immer mal eine andere Geliebte zu haben – niemals.

Nein, so etwas hat Cosma nicht nötig, sich an einen Mann zu klammern, der ja noch andere Frauen neben ihr lieben kann. Cosma beendete das Ganze.

Ja, und als sie dann Edwin sah – er kam von England hierher, zunächst als Urlauber –, wurde mehr daraus. Er nahm die Schönheit sofort wahr, die er in Cosma sah, und begann seine Ideen auszusprechen. War zärtlich zu ihr und verstand es, sie zu lieben.

In dieser Beziehung gab es nur sie beide, und das bis jetzt. Sie lernen sich jeden neuen Tag mehr kennen.

Cosma spürte oft den Zorn von Adnos – bei Edwin hat sie noch nie eine zornige Seite bemerkt.

Das Fenster ist weit geöffnet, während die Sonne sich am frühen Morgen hereinschleicht. Cosma steht auf und läuft zum Fenster. Ihr Blick fällt auf ihre Pfingstrosen, und ein Lächeln gleitet über ihr Gesicht.

Sie spricht zu Edwin, leise, aber es ist zu hören: »Wir werden ein Kind bekommen.«

Noch etwas verschlafen schaut er sie lächelnd an. Sichtlich zu erkennen ist seine Freude, während Edwin sich aus dem Bett schleicht und hinter Cosma seine Arme ausbreitet. Er hält sie fest und küsst sie auf den Nacken, den Hals.

Es wird nicht nur eine Sommerliebe sein, kein Wintertraum im Mittelmeer. Nun geht es um die Liebe zweier Menschen und um die Kinder, nach denen Edwin und Cosma sich sehnen. Das altromantische Haus werden sie nun herrichten, damit auch für das erste Kind schon einmal ein Zimmer bereitsteht.

Heute ist ein guter Tag. Sie werden ihren Felsen für ein paar Stunden verlassen, um Verschiedenes zu besorgen. Edwin hat sich noch nicht satt gesehen, Griechenland bietet ihm jeden Tag etwas Neues.

Die Eltern und die Großeltern wohnen in der Stadt, und Cosma möchte sich sicher sein, dass sie auch wirklich schwanger ist, damit sie diese gute Nachricht ihrer Familie überbringen kann. Und ja, der Arzt bestätigt es.

Cosma hat nicht nur Großeltern für das Baby, sondern auch noch nicht so sehr gealterte Urgroßeltern.

Dort, auf der anderen Straßenseite, sieht sie wie aus dem Nichts Adnos. Er hat Cosma auch gesehen und eilt sofort herüber. Was will dieser Mann noch? Sie will nichts mehr mit ihm zu tun haben. Sie sagt es ihm gleich.

Doch er will nichts davon wissen. Er will einen Neuanfang

Nun wird sie es ihm auch sagen müssen, dass sie ein Kind von dem Mann erwartet, den sie liebt.

Cosma dreht sich um und läuft zu dem Laden, in den Edwin gerade hineingegangen ist. Das ist das Allerbeste, was sie jetzt tun kann, damit dieser Greis versteht, der ihr Vater sein kann. Sie hört Adnos noch rufen: »Ich werde dich finden!«

Nach dem Besuch und der überbrachten Nachricht verlassen sie wieder den Trubel und die Hektik der Stadt.

Welche Schönheit und Ruhe, stellen Cosma und Edwin fest, darin sind sie sich einig, als sie wieder in Richtung Adlernest gehen.

Unbemerkt folgt ihnen Adnos bis auf die Höhe. Cosma spürt im Nacken, dass irgendetwas nicht stimmt. Zunächst aber nichts ahnend, begibt sie sich mit Edwin ins Schlafzimmer, um etwas zu ruhen.

Bei offenem Fenster lieben sich Cosma und Edwin. Und dort, plötzlich, sieht sie wie aus dem Nichts jemand am Fenster lauschen. Erschrocken rennt Cosma hinaus und erkennt Adnos. Frech und unverschämt stellt er sich noch vor sie und tut mit seiner überheblichen Art eines Besserwissers, als gehöre Cosma ihm.

Im Grunde genommen wird sie nie das Eigentum eines anderen sein.

Cosma wählt die Nummer der Polizei, um zu berichten, was dieser Mann hier tut. Es dauert nicht allzu lange, bis die Polizisten kommen, um Adnos zu verhaften. Doch nicht allein wegen dieser Sache, sondern auch wegen anderer Straftaten. Er wird sich nun dessen bewusst sein, dass er Jahre hinter Gitter muss. Man suchte schon eine Weile nach ihm.

Tage später steht in der Zeitung, der Täter eines Banküberfalles und anderer betrügerischer Absichten, Adnos Ch., sei verhaftet und dem Richter vorgeführt worden. Endlich ist Cosma ihn los.

Mit dem Wein und den Rosen kommen Edwin und Cosma gut zurecht. Inzwischen verkaufen sie ein wunderbares Produkt, den kretischen Wein, sowie ein duftendes, aus den Pfingstrosen selbst kreiertes Parfum.

Die Zeit ist nun vorüber, und jeder Tag könnte der Tag der Geburt sein.

Edwin fährt Cosma in das nahe gelegene Krankenhaus mit Geburtsstation. Die Zimmer sind fast alle mit Babys überfüllt.

Am Abend bekommt sie tatsächlich die Wehen und nach langen drei Stunden wird der kleine Arsenio geboren. Dieser Name bedeutet ›stark und männlich‹.

Edwin und Cosma sind sehr glücklich über

ihr erstes Kind. Nach ein paar Tagen holt Edwin Mutter und Kind dort ab.

Doch nicht gleich begeben sie sich zum Adlernest hoch droben. Cosma will dem Winzling erst das Meer zeigen, ihm sein Zuhause ankündigen, ehe sie sich alle in ihrem Nest verkriechen auf dem Fels.

Arsenio weint mit dem Rauschen der Wellen. Die Götter Griechenlands haben ihn gehört und aufgenommen.

Und wieder beginnt ein neuer Frühling. Es wird nicht lange dauern, bis die ersten Pfingstrosen ihre Knospen zeigen. Cosma wird es nicht alleine schaffen die nächsten Monate. Sie wird für das Baby da sein müssen und eine Hilfe brauchen.

Die neue Frau ist aus Samos. Euphoria wird jetzt viele Monate, wenn nicht sogar Jahre dort verbringen, um zu helfen, wo es nur geht. Sie ist eine erfahrene Griechin mit dem uralten Wissen ihrer Vorfahren. Mit ihrer Reife und Schönheit, aber auch Klugheit wird sie Edwin und Cosma zur Seite stehen.

Aber auch der Sommer hält viele Überraschungen bereit. Heute ist ein guter Tag. Alle duftenden Blüten können geerntet werden, nur die Trauben müssen noch einige Wochen reifen.

Die blauen und orangefarbenen Dächer blenden auf den weiß getünchten Gebäuden. Und während vorne am grauen Felsen die Weinstöcke ihr Grün zeigen, befinden sich an der hinteren Seite die Knollen der Pfingstrosen.

Der Fels ist gut begehbar, so gut kann man ihn auch steil nach oben befahren. Die Wellen des Mittelmeeres peitschen satte drei Meter am Felsen hoch. Der üppige ockerfarbene Sand hat sich von der Sonne aufgewärmt. Man kann nicht barfuß darauf gehen, so heiß erscheint einem die körnige Masse. Aber alles spiegelt einem ein Bild aus längst vergangener Zeit, fast märchenhaft, und doch ist alles wahr.

Arsenio ist bereits zwei Jahre. Ein lebendiges Kind und verspielt wie alle Kinder. Edwin und Cosma haben viel Freude mit ihrem Sohn. Sie sind sich einig, dass noch ein Kind geboren werden soll.

Die gute Nachricht lässt nicht lange auf sich warten. Cosma ist wieder schwanger, und bis das Kind geboren wird, ist Arsenio drei Jahre. Ein gutes Alter für ein Geschwisterchen. Die Oliven sind schon kalt gepresst, die Pfingstrosenblüten längst in der Parfümflasche, die Trauben im Fass und ein weiterer Sohn geboren.

Bios bedeutet ›Leben‹. Ja, Bios soll er heißen, weil es so wunderschön ist zu leben.

Die Kinder werden die englische Sprache ihres Vaters, aber auch die griechische Sprache der Mutter sprechen.

Da fällt der Gedanke plötzlich auf Adnos. Cosma hatte ihn für eine Weile irgendwo versteckt, ihr Gedächtnis wollte nichts mit ihm zu tun haben.

Nun taucht er auf wie aus dem Nichts. Seine Zeit wird er abgesessen haben. Die Angst ist zurück.

»Ich werde dich finden«, hatte er gesagt. Cosma weiß, er wird wiederkommen.

Während Edwin hinunterfährt, um ein paar Wege zu erledigen, verbringen Cosma und Euphoria die wertvolle Zeit mit den Kindern. Im Moment ist alles gut. Doch nicht mehr lange.

Einige Zeit später. Euphoria passt draußen auf die zwei Kleinen auf, während Cosma das Abendbrot fertig macht.

Sie warten nur noch auf Edwin.

Plötzlich Schreie!

Cosma schaut aus dem Fenster und erblickt Adnos mit einer Pistole. Er ist tatsächlich wiedergekommen.

Adnos droht die Kinder mitzunehmen, falls Cosma nicht bereit ist, zu ihm zu kommen. Er hält die Waffe an Euphorias Kopf, die Kinder wimmern vor Angst.

Cosma rennt aus dem Haus und fleht ihn an, niemandem etwas zu tun.

Wo bleibt nur Edwin? Sie geht zu Arsenio und Bios und drückt sie an sich. Euphoria weint.

Adnos brüllt sie an, still zu sein, sonst schießt er.

Dann ist eine Weile Totenstille.

»Geht ins Haus«, warnt er, immer noch die Waffe an Euphorias Kopf gedrückt. Cosma läuft mit den Kindern ins Haus und legt den kleinen Bios in sein Babybett, setzt Arsenio daneben. Ihnen folgt Adnos mit Euphoria ins Haus.

Sie hat es geahnt, dass er wiederkommt.

Adnos sagt zu Cosma: »Ich werde dich immer suchen, vergiss das nicht. Du gehörst mir.«

Cosma hört weit weg ein Auto, das sich langsam nähert. Es könnte Edwin sein.

Schon von Weitem sieht Edwin diesen Verrückten mit der Pistole am Fenster stehen, neben sich Euphoria. Er sucht nach seinem Handy und wählt die Nummer der Polizei. Es dauert nicht lange, bis die Gendarmerie hier oben eintrifft.

Sie rufen nach Adnos, fordern ihn auf, herauszukommen, doch er tut es nicht. Edwin zeigt der Polizei einen Hintereingang, damit sie an Adnos herankommen. Seitlich von Euphoria ist eine Nebentür. Sie sieht die Polizei zuerst und reißt sich von Adnos los, der mit einer Hand die Pistole an ihren Kopf und sie mit der anderen an der Schulter festhält.

Es gelingt ihr, sich wegzuducken. Dann ein Schuss, der Euphoria trifft. Die Gendarmerie schießt auf Adnos. Er fällt sofort zu Boden, noch immer die Waffe in der Hand, aus der wieder ein Schuss fällt. Noch einmal müssen sie auf ihn schießen. Dieser Schuss ist tödlich für ihn.

Euphoria ist nur an der Schulter verletzt. Doch Adnos wird endlich aus Cosmas Leben verschwinden.

Sicher, sie wird das alles nie vergessen, doch nun braucht sie keine Angst mehr zu haben.

Edwin eilt zu ihr und schließt sie in seine Arme, schaut nach den Kindern. Ihnen geht es gut.

Euphoria kommt nach dem Krankenhausaufenthalt wieder hinauf auf den Fels. Viele Jahre wird sie noch mit der Familie verbringen. Sie hat ihre Lebensaufgabe gefunden.

Edwin und Cosma bekommen noch zwei weitere Söhne. Alexios, ›Beschützer der Menschheit‹, und Basileus, ›der König‹.